文春文庫

二枚の絵

柳橋の桜（三）

佐伯泰英

文藝春秋

目次

「柳橋の桜」おもな登場人物

桜子

小さいころから船頭の父・広吉の猪牙舟にのせてもらい、舟好きが高じて船頭になることを夢見ながら成長する。背が高いため「ひょろっぺ桜子」とも呼ばれている。八歳から始めた棒術は道場でも指折りの腕前。

大河内小龍太

薬研堀にある香取流棒術大河内道場の道場主・大河内立秋の孫。桜子の指南役。香取流棒術に加え香取神道流剣術の目録会得者。

猪之助

船宿さがみの亭主。妻は小春。桜子を小さい頃から見守り、娘船頭になることを応援している。

お琴（横山琴女）

桜子の幼馴染みで親友。父は米沢町で寺子屋を営む横山向兵衛、母は久米子。物知りで読み書きを得意とし、寺子屋でも教えている。背が低いので「ちびっぺお琴」と呼ばれるときもある。

江ノ浦屋彦左衛門（えのうらやひこざえもん）　日本橋魚河岸の老舗江ノ浦屋の五代目。桜子とは不思議な縁で結ばれている。

カピタン・リュウジロ　長崎会所所有の船「上海丸」船長。

杏奈（あんな）　カピタン・リュウジロの娘。長崎会所のオランダ通詞。

高島東左衛門（たかしまとうざえもん）　長崎の総町年寄。

柳橋の桜
江戸地図
吉原
山谷堀
今戸橋
竹屋ノ渡し
浅草寺
不忍池
吾妻橋
神田明神
神田川
本所
柳橋
昌平橋
浅草橋
両国橋
神田橋
小伝馬町
薬研堀
江戸城
本丸
大川
魚河岸
新大橋
日本橋川
深川
楓川
八丁堀
霊岸島
永代橋
佃島

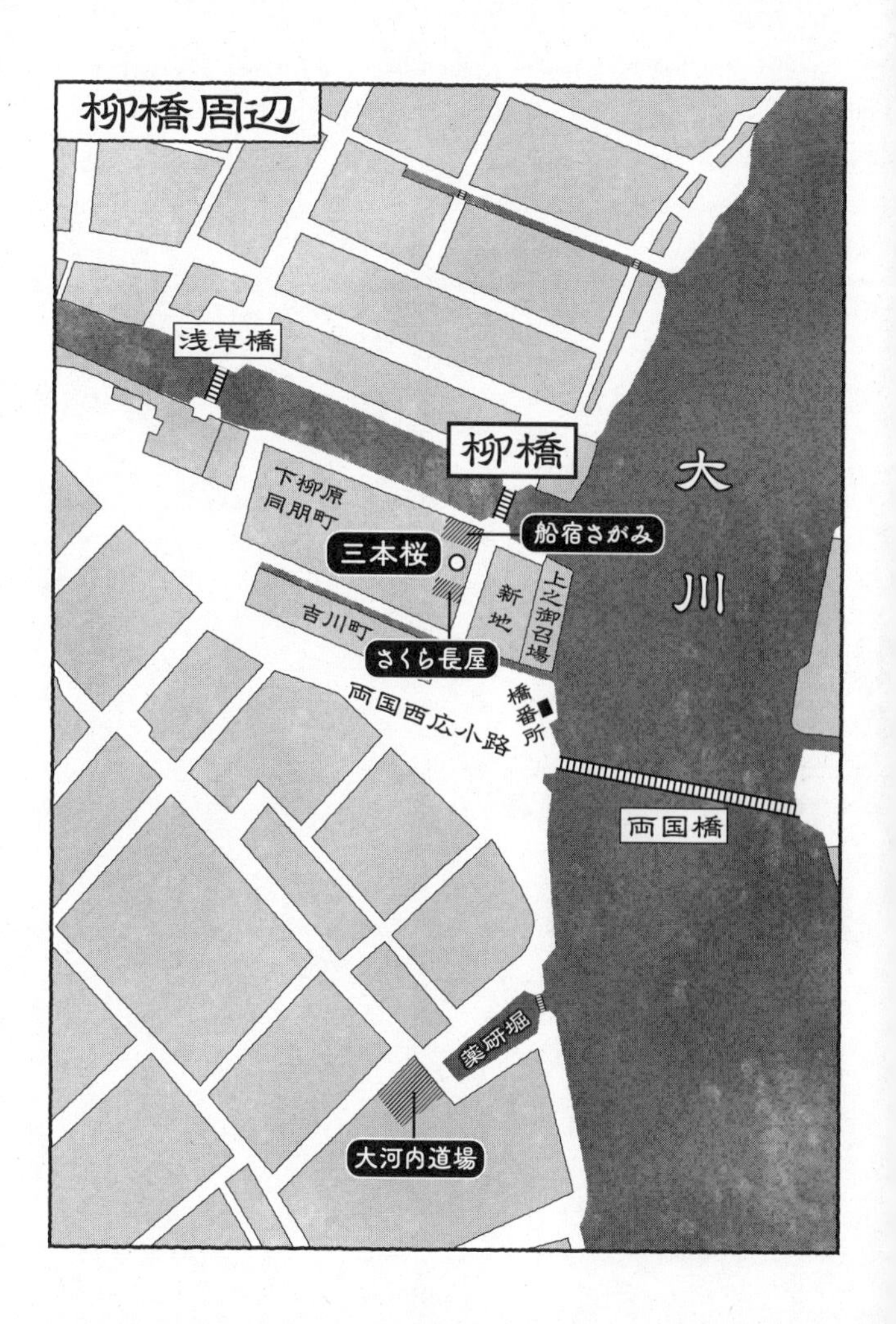
柳橋周辺
浅草橋
柳橋
大川
下柳原同朋町
船宿さがみ
三本桜
新地
上之御召場
吉川町
さくら長屋
両国西広小路
橋番所
両国橋
薬研堀
大河内道場

二枚の絵

柳橋の桜（三）

序章

　文化二年（一八〇五）仲秋の候、閏八月のとある朝、桜子は薬研堀の香取流棒術大河内道場に稽古に行った。いつもの如く若先生の小龍太が相手をしてくれた。どれほどの間、両人は無心の打ち合い稽古を続けたか。

　大河内家の隠居にして棒術道場の道場主である大河内立秋老がふたりの稽古を止めた。

「小龍太、客がくるで、門弟衆の稽古を見てくれ」

「爺様、畏まって候」

　と受けた小龍太から視線を桜子に移した立秋老が、

「桜子、客の用事次第ではそなたに相談がある。道場に残っていてくれぬか」

「承知しました」

　と桜子も返答をした。

一刻半(三時間)後、離れ屋に呼ばれたふたりは顔を見合わせ、

「どなたかのう」

と小龍太も客の見当がつかぬらしく首を捻り、

「小龍太さん、稽古着姿で離れ屋はいけませんね」

「おお」

と言い合った両者は道場の井戸端で桶に水を汲んで顔や手足を丁寧に洗い、着替えた。桜子は、

(大河内家の離れ屋を訪れるのは母親のお宗と会ったとき以来)

と思った。

まさかまた母親が江戸に出てきたかと思ったが、さようなことはあるまいと考え直した。

小龍太と桜子のふたりが離れ屋に向かうと、囲碁をなす気配が伝わってきた。

「なんだ、これは」

と小龍太もいよいよ客の推量がつかないらしく呟いたが、障子の手前に座すと、

「爺様、われらふたり参上仕りました」

「おお、入れ」

と立秋老の許しの声がした。

ふたりが控えの間に入ると床の間のある主座敷で立秋老と武家が碁盤に向かっていた。客の武家の手に白石が見えて、長考の最中に思えた。

「ううーん」

と唸った客が不意に桜子を見て、

「久しぶりじゃのう」

と言った。

その声に桜子は武家がだれか気付いた。

「覚えておるか」

「は、はい。公儀勘定奉行筆頭用人倉林様、でございましょう」

「おお、よう覚えておった」

と応じた倉林宋左衛門が、

「立秋老、どうみてもそれがしの形勢悪し」

と負けを認める発言をして、

「桜子、しばらく江戸を離れて旅をせぬか」

といきなり言った。

阿蘭陀国（オランダ）ホラント州デン・ハーグのマウリッツハウス王立美術館絵画室準備室長のジーゲン侯爵は、黄金時代のオランダが生んだ画家フェルメールの回顧展を企画していた。この画家の描いた代表作『真珠の耳飾りの少女』は、オランダの黄金時代の傑作のひとつだが、この時代はまだ正当な評価を得てはいなかった。同時代のレンブラントに比べ、オランダの国体の衰退とともになぜかフェルメールの人気が低迷して、故郷のデルフトでも忘れられていた。

ジーゲン侯爵はフェルメールを、黄金時代のどの画家に比べても遜色（そんしょく）ない芸術家と考えていた。なんとしても回顧展を成功させて、ふたたびフェルメールの名を高からしめる決意をしていた。生涯に三十点余の作品しか残していない寡作（かさく）のフェルメール作品を半数ほどマウリッツハウス王立美術館に集める目算は立っていた。

だが、往年の盛名を取り戻す展覧会の開催には、なにかが足りないと悩んでいた。

（どうすればよいか）

ジーゲン侯爵はデン・ハーグの町をそぞろ歩きながら思案に暮れた。いつしか侯爵は魚くさい漁師町に入り込んでいた。ふと足を止めた骨董品店バターヒャの扉の向こうに侯爵は吸い込まれていた。

第一章　旅の始まり

一

江戸の内海から外洋へと出ようとする和洋折衷(せっちゅう)の造りの帆船の舳先(へさき)に桜子と小龍太は佇(たたず)んで背後を振り返った。もはや江戸の町並みを見ることはできなかった。

ふたりは深夜日本橋川の魚河岸(うおがし)から押送船(おしおくりぶね)に乗って神奈川湊(かながわみなと)に停泊する大きな帆船に乗船した。むろんだれひとり見送る人もなく和船とは思えぬ船室で一夜を過ごし、目覚めたときにはすでに出船していた。

その折り、大船が江戸の内海を抜けて外海に向かうことを察した。ふたりは慌てて主甲板に出た。

バタバタバタ

と頭上で主帆が風を受けて音を立てていた。

ふたりはこの帆船がどこへ向かうのか、未だ知らなかった。

「これがわれらの運命（さだめ）か」

「いかにもさようです」

と桜子が小龍太の自問に潔く答えていた。

勘定奉行公事方（くじかた）石川左近将監忠房（いしかわさこんしょうげんただふさ）御用人倉林宋左衛門は、大河内家の離れ屋で桜子に向き合うと、いきなり、

「桜子、しばらく江戸を離れて旅をせぬか」

と迫った。

しばし間を置いた桜子は、

「倉林様、わたし、旅をせねばならない曰（いわ）くがございましょうか」

「ある」

と倉林が言い切った。

「されどその曰くを話すことは出来ぬ。なにも問わずそれがしを、いや、待て、待ってくれ。大河内立秋どのの門弟たるそなた、師匠を信頼しておろうな」

「むろんでございます」

「ならば、大河内立秋どのがこの場に同席していることの意を汲み、それがしの申し出を受けてはくれぬか」

しばし沈思した桜子に代わり、小龍太が口を挟もうとした。それを立秋が無言のまま手で制した。

「殿様は、なんぞわたしに危難が降りかかると思し召しですか」

桜子の問いに倉林が首肯した。そして、

「そなたが江戸におることを気にかけるお方がおられる」

「なにゆえでございましょう」

「それが申せればよいのだが」

倉林の顔が歪んでいた。

「江戸を不在にすれば事が済みましょうか」

「そう、半年、いや、念には念を入れて一年、江戸を不在にいたさば、わが殿、勘定奉行公事方石川左近将監がなんとしても和解に持ち込む、としか言えない」

倉林が曖昧な事由からこたびのことを訴えているとは桜子には思えなかった。

だが、桜子にとっても容易く得心できる申し出ではなかった。

桜子は小龍太を見た。

「倉林様、桜子ひとり、江戸を不在にしてどちらへ旅せよと申されますか」

「小龍太どの、桜子の旅の行き先をそれがしが承知しておらぬほうが桜子に危険が及ぶまい。どこでもよい、できるだけ遠く、これまでの来し方と関わらぬ、桜子と結びつかぬ土地がいい」

いよいよ訝しい話に聞こえた。

「桜子と倉林宋左衛門様が同席したことで、倉林様もお命を狙われるようなことが考えられますか」

と小龍太が質した。

倉林はしばし沈思していたが、こくりと頷いた。

「桜子、倉林様はお命を賭してこの願いを告げておられる」

と初めて立秋老が問答に加わった。

「爺様は倉林様や桜子が陥った危難を承知か」

「小龍太、倉林様は囲碁仲間のわしを危険に晒すような話をなさるお方ではない。わしはこれまでの話以上のことは知らぬ」

場を沈黙が支配した。

碁盤の傍らに置かれた袱紗に手をかけた倉林がなにか言いかけた。それを制す

るように小龍太が、

「桜子の旅にはそれがしが従いまする。このこと是非ともお許しくだされ」

「承った」

とどこかほっと安堵した倉林が答えていた。

あの日、大河内家から倉林宋左衛門が勘定奉行の御用屋敷に戻る帰路、小龍太は密かにお駕籠を尾行し、御用屋敷の門内に消えるまで見送った。

一方、桜子は薬研堀に泊めた猪牙舟に乗り、魚河岸の江ノ浦屋五代目彦左衛門を訪ねた。

「大旦那様、相談がございます」

という桜子の険しい顔を見た彦左衛門が、

「話しなされ」

と即座に応じた。

桜子は倉林から齎された話をすべて告げた。

「ほう、勘定奉行公事方石川様な、なかなかの遣り手と聞いております。で、そなたと小龍太どのはこの話を受け入れたのですね」

「はい。お断りできる気配は全くございませぬ」

桜子の返事に首肯した彦左衛門が、

「桜子の来し方が知れぬ地に旅とな、一年ほど江戸を不在にせよか。そなたにはあてはないであろうな」

「ありませぬ」

「明後日早朝、私の昵懇(じっこん)にしている帆船が偶(たま)さか神奈川湊から出船致します。その船に乗りなされ。大河内の若先生とはどこで落ち合いますかな」

さすがに江戸の魚河岸を仕切る江ノ浦屋五代目彦左衛門だった。桜子が知らぬ顔を見せて即答した。

「倉林様を密かに尾行して御用屋敷に入るのを見届けたあとこちらに参ります」

「よし、ふたりが出会ったそのときから、そなたらは江戸から行方(ゆきがた)知れずになります」

「船宿さがみの親方やおかみさんに許しを乞(こ)うこともできませんか」

「桜子、この話、私たちが考える以上に厄介(やっかい)な話と思いませんか。もはやあちらこちらに別離の挨拶などできる旅ではない。倉林様が命を張ってそなたに告げたというご隠居の言葉をとくと考えてみることです。船が碇(いかり)を上げたあと、桜子と小龍太若先生は行き先を知ることになりましょう」

　と江ノ浦屋彦左衛門が宣告した。

「船宿さがみなど、桜子の知り合いには折りを見て、私から江戸不在を告げておきます。そなたもあれこれと身の回りのものなど携(たずさ)えたいでしょうが、それはよしたほうがいい。行った先で購(あがな)いなされ。ふたりがかの地で費消する程度の金子(きんす)はあとで渡しますでな」

「江ノ浦屋の大旦那様、倉林様もわたしたちの路銀に二十五両を下さいました」

「ならば私も金子と、信頼できる御仁に宛てた文一通を桜子に預けます。そなたの旅先はまるで江戸とは違うはず。一年、その地でふたりしてあらゆることを見聞なされ。ふたりの将来にとって必ずや役に立ちますぞ」

　と言い切った。


　ふたりがこの帆船上海丸(シャンハイまる)の行き先を知ったのは、神奈川宿の町並みがおぼろにしか見えなくなった頃合いだ。

　そのとき、ふたりは船尾の舵場(かじば)に手招きされた。

　それは乗組みの水夫(かこ)からカピタンと呼ばれる船長(ふなおさ)だった。大きな体でどことなく和人とは思えぬ顔立ちだった。

「そなた方にこの船、上海丸の行き先を告げておきます。肥前の長崎です。江戸から海路四百七十余里、遠い地です。もはやどなたがそなた方ふたりを追いかけようと思うても上海丸の船足にはかないません」

と告げた。

「なんと肥前長崎か」

「小龍太さん、長崎を承知なの」

「地名を知るだけだ」

と小龍太が恥ずかしそうに答えた。

「そなた方がなにをなしたか知りません。でも、必ずや長崎の地にお連れしますと」

と言ったカピタンが長崎についてあれこれと丁寧に説明してくれた。

それによると、鎖国政策を続ける和国にあって、肥前長崎は限られた国相手とはいえ、異国交易が出来る唯一の港町だという。そんな長崎の港を仕切る長崎会所の持ち船、上海丸は中国上海で建造されたゆえ上海丸と称され、和国の千五百石級の弁才船の何倍もの大きさがあるのだそうだ。

「いいですか、上海丸は帆も弁才船の二十四反の一本帆柱とは異なりましてな、主帆柱の前後に二本の補助柱を設けた三檣帆船ガリオタです」

と船尾の舵場から上海丸のあらましを教えてくれた。さらに、

「和船と違い、港に着くたびに舵を上げ下げする要はありません。固定舵を有しているでな、相応の水深がある港にしか停船しません。なにより船体下部に和船にはない竜骨が船首から船尾を貫いて通っているので丈夫で揺れも少なく、水密甲板が設けられているから外海航海もできるのです」

カピタンの説明をふたりは黙って聞くしかなかった。

桜子はふいに両国西広小路に面した真綿問屋近江屋のお婆お宮と孫の孝史郎に誘われて富岡八幡宮にお詣りした折り、住吉社は航海安全の神だと教えられたことを思い出していた。

(あれはこの一件があるゆえお詣りしたのか)

となれば、さだめではないか、と桜子は気付いた。

「娘さん、船は怖くありませんかな」

カピタンが外洋に出たことを恐れて言葉を失ったと思ったか質した。

「長崎では主船頭をカピタンと呼びますか」

「いかにもさようです。長崎はオランダを始め、いろいろな異人さんがおりますでな、船長ならば異人も和人も一様にカピタンと呼ばれますのじゃ」

「カピタン、わたしは舟が大好きです。身罷(みまか)ったお父(とっ)つぁんは猪牙舟の船頭でした」

「おお、亡くなられた親父様は船頭であったか」

「わたしも娘船頭にございます」

と桜子が告げるとカピタンがしげしげと見て、

「神奈川湊で、江戸に初めて娘船頭が誕生したと聞いたが、そなたがそうか」

と驚きの顔に笑みを浮かべて念押しした。

「ならばわれらカピタン同士ですぞ」

「猪牙と上海丸では比べようもないわ」

と桜子は思わず言っていた。

猪牙と上海丸では何百倍も大きさが異なった。

「上海丸で四百七十余里も先の長崎には幾月後に着きますか」

「潮の流れにうまくのれば十日以内で到着します。江戸からの帰路、わが上海丸は瀬戸内(せとうち)には入らず一気に薩摩(さつま)沖まで走って長崎へと北進しますでな」

「えっ、たった十日で長崎に。驚いたな」

と小龍太が言葉を失い、桜子もにわかには信じられなかった。

「そなた方はごきょうだいかな」

とカピタンが若い男女に問うた。

「カピタン、われら、将来を誓い合った間柄ではあるが、まだ祝言は上げておらぬ」

と小龍太がこわばった表情で答えていた。

「それは残念、長崎でな、祝言をなし夫婦となって江戸に戻りなされ」

「長崎にはわたしどもの仲人様がおられません」

「仲人はどなたかな」

「江ノ浦屋彦左衛門様をカピタンはご存じですね」

「なに、江ノ浦屋の大旦那が仲人と決まっておられますか。そりゃ、勝手に長崎で祝言を挙げるわけにもいかんな」

「はい」

「こいつはいささか難儀じゃな」

とカピタンが応じて、舵方になにごとか異国の言葉で告げた。

水夫たちの手で補助帆の操作が手際よく行われた。

「お侍さんは旗本かな」

「それがし、旗本の部屋住みです」

「そんなふたりが許婚になったのか」

とカピタンは思ったことをなんでもあからさまに口にした。だが、嫌味は少しも感じられなかった。

「まあ、そうです」

と小龍太は答えたが桜子が、

「小龍太さんの大河内家は香取流棒術を指導する家柄です。わたしも八つの頃から大河内道場の門弟です。若先生は道場の跡継ぎです、カピタン」

と小龍太の立場を告げた。

「なに、娘船頭は棒術の門弟じゃと、これは珍しい。長崎の女衆でも小舟の船頭を為して棒術を修行する女子などおるまい」

と感心した。

「カピタン、六尺ほどの棒はござらぬか。われら、なにひとつ持たずに上海丸に送り込まれたでな、稽古用の道具を携えておらぬ」

という小龍太の言葉に、

「なに、六尺の棒か。さようなものはこの船倉にいくらもあろう」

と言ったカピタンが、

「おお、忘れておった。昨夜のうちにな、そなたらの荷が届いておるわ。江ノ浦屋の大旦那からであろう。おい、だれぞ、お客人の荷を持ってこないか」

と水夫たちに言うと、

「カピタン、おふたりの新しい部屋に入れてございますぞ」

と答えたものだ。

「ならば、船室に案内し、そのあと六尺ほどの棒を主甲板に二本見繕ってこい」

との新たな命に水夫が主甲板下の上層船倉に駆け下りて行った。

二

ふたりは主甲板下、船尾に近い船室に案内された。そこは昨夜ふたりが疲れ切って眠り込んだ小部室とは違っていた。

「まあ、異国にでも行ったような部屋だわ」

と江戸を初めて出た桜子が思わず呟いた。

広々とした壁側の部屋には凝った楕円型の卓と椅子(いす)が二脚あった。また続き部屋にはふたつの寝台があった。

おそらくこの帆船に乗船する身分の高い客が使う船室と思われた。十畳ほどの広さか、いたるところに異国で造られたガラス製品や金銀製の美しい飾りが置かれてあった。

そんな部屋にどこからともなく光が差し込んでいた。

「お客人、今日からこの船室がふたりの部屋やぞ。届けられた荷はほれ、台の上にあるじゃろ。それに今朝までの部屋に残された荷物はこちらに持ってきてある」

とふたりに告げた若い水夫が船室から出ていった。異国風の部屋の佇まいとは不釣り合いな大きな風呂敷包みがあった。

「江ノ浦屋の大旦那様からの荷かしら」

と着た切り雀(すずめ)の桜子が風呂敷包みを解くと着慣れたふたりの稽古着が出てきた。

「まあ、驚いた」

「なんと稽古着を彦左衛門どのは届けてくれたか」

「小龍太さん、わたしたちの着替えがあれこれと入っているわ」

稽古着と違い、すべて日本橋界隈の店で慌ただしく仕立てさせたか、新しい衣類ばかりだった。さらにふたりそれぞれに宛てた文が出てきた。桜子宛は江ノ浦屋彦左衛門から、小龍太には祖父の大河内立秋老からの書状だった。

「桜子、江戸を追い立てられたわれらふたりが使う船室ではないぞ。昨晩寝た部屋で十分じゃがな」

「この部屋をカピタンが用意してくれたのはわたしたちだからではないわ。江ノ浦屋の大旦那様の体面を考えて用意してくれたものと思わない」

「おお、そうか。この帆船と江ノ浦屋に深い繫がりがあるゆえわれらがかような扱いを受けるのか」

「小龍太さん、さだめに従うしか手立てはないわ」

ふたりがそれぞれの文を披こうとしたとき、船室の扉が叩かれた。ふたりは顔を見合わせ、

「はーい」

と桜子が返事をすると扉が開いて、異人の血を引いていると思しき女衆が両手に衣類のようなものを抱えて立っていた。桜子より四つ五つほど年上か。

ぽかん、としたふたりが女を見返すと、

「よう上海丸にお出でになりましたと」

と西国の訛りのある和語でいい、真っ白な部屋着を差し出した。

「上海丸には女衆も乗り組んでおるのか」

小龍太の言葉は娘への問いではない。驚きの言葉だった。

くすくすと笑った若い女が、

「上海丸には、カピタン以下、四十七人が乗っています。そのうち私を含めて三人が女衆です。あとふたりの女衆は、料理人、炊き方です」

「なんとこの船にはそれほどの者が乗り組んでおるか」

と小龍太は驚いた。

千石船にはどれほどの水夫らが乗るものか知らないがせいぜい十数人だろう。上海丸にはなんとその三倍もの男衆が乗り組んでいるという。だがそうとは思えないほど整然としていた。ということはカピタンの統率力が優れているのであろう。

「私、杏奈です。カピタン・リュウジロの娘です」

と言った。

「カピタンの娘さんなの。わたしたち、この二、三日驚くことばかりで、なんと返事をしていいか分からないわ」

と桜子が困惑の体(てい)で漏らした。

「桜子さんやったね。江戸の人がいきなり上海丸に乗せられたら驚くのは当たり前やろ」

と返事をした杏奈が、

「上海丸では食事はすべてコンバース（ギャレー）で作ると。水夫はたいていコンバースの近くか自分の持ち場で食すけど、どうするね、この部屋に昼餉(ひるげ)運んできたほうがよかろか」

と聞いた。

「コンバースってなに、小龍太さん」

「台所のことではあるまいか。近くで飯を食うこともできるそうな」

小龍太の返事を聞いた杏奈がうんうんと頷いた。そして、この船室のなか、

「衣類はここに仕舞いなさい。顔を洗う所と厠(かわや)はこちらよ」

とふたりがまだ知らぬ客間のあれこれを案内してくれた。

「えっ、この船室には厠がついているの」

「おお、厠の下に海が見えるぞ。魂消たどころではないわ、ぶっ魂消た」

と小龍太も言い添え、

「杏奈さん、われら、客扱いを受ける身分ではない。船のご一統と同じようにコンバースとやらに参る。どうだ、桜子、それでいいな」

「もちろんよ。それよりわたし、食する前に少し体を動かしたいな」

と桜子が願った。

「それがしもそんな気分だ」

と小龍太も賛意を示した。

「おふたりは棒術とかいう武術を修行していると父が言っていたわ。この船にいる間、ふたりは好きなように過ごしなさい。食事もね、コンバースにいけばいつでも食せるもん」

杏奈が言い残して部屋から出ていった。

「よし、われら、早々に荷を片付けて甲板に戻ろうか。文を読むのはあとでよかろう」

と小龍太が言い、ふたりは稽古着を寝台の上に広げた。

「これで六尺棒を手にすると落ち着くのだがな」

「大きな帆の下なら稽古が出来るわね」

「あの甲板ならうちの道場がたっぷり入る広さがあるぞ」

と言い合ったふたりは江ノ浦屋彦左衛門が薬研堀の大河内道場から急ぎ取り寄せて、上海丸に届けてくれた厚意の稽古着に着替えた。

「おお、この汗のにおいがなんとも懐かしく感じるぞ」

「稽古をしたら気持ちも落ち着くわね、若先生」

「おお、われら、さだめに従い、異国式帆船の上海丸の上で香取流棒術の稽古を致そう」

と言い合ったふたりはふたたび主甲板へと上がった。

すると上海丸は外洋に出たか、船の右手に陸影が見えて、その向こうに富士山が聳えていた。

「わたしたち、どこを走っているの」

と桜子が漏らすと、

「相模灘たい」

と最前船室に案内してくれた若い水夫が言い、

「六尺の棒はこれでいいか」

と樫材だろうか、ふたりがいつも使う六尺棒とそっくりの棒を見せた。

「おお、よいよい。上海丸にはなんでも揃っておるな」

と満足げに言った小龍太が受け取り、一本を桜子に差し出した。ふたりは海上を帆走する大型帆船上海丸の甲板で体を動かす前に舵場のカピタン・リュウジロを見上げると、

「立派な船室を用意して頂き、感謝の言葉もござらぬ。これより上海丸主甲板を香取流棒術の稽古に使わせてもらいまする」

と許しを乞うた。すると杏奈の父親のカピタンが、

「棒術とやら拝見させてもらいまっしょ」

と返事をした。

舵場に頷き返した両人は、霊峰富士に向かって一礼し、対面すると六尺棒を手に馴染ませ、ゆっくりと基の動きを始めた。

突然ふだんの暮らしから離れて、初めての帆船上での稽古だが、棒を手に師弟が向き合うと、ざわついていた気分がすっと消えた。

「若先生、ご指導願います」

「参れ」

と言い合った両人は頭上の巨大な帆のはためきを聞きながら、いつもどおりの稽古を始めた。となれば、六尺棒を使うことに専念し没頭した。

どれほどの時が経過したか。

小龍太と桜子は阿吽の呼吸で互いの棒を引き、一礼し合った。

その時、上海丸は大島の南を西南方向へ進んでいた。

パチパチパチ

不意に舵場の全員の拍手が聞こえてきた。

「初めて棒術を見ましたと。桜子さんは娘さんやろ、正直言うてどれほどのもんやろかと思うていたと。こりゃ本物じゃ。魂消ました」

とカピタン・リュウジロが称賛の声をかけてくれた。

「桜子は、それがしの祖父が道場主を務める棒術道場に八歳の折りに入門し、門弟のだれよりも熱心に修行しておよそ十年、ようやく形になってきました。われら、どのような境遇に落ちようと、棒術の稽古が出来るならば、平静に立ち戻れます。

カピタン・リュウジロどの、見ず知らずのわれらを上海丸に快く乗船させて頂き、棒術の稽古までお許し頂いた。それがしも桜子もどれほど感謝しても足りませぬ。われらになにか為すことがあれば命じてくだされ」

と小龍太が改めて願い、桜子も倣った。

「小龍太様、桜子さん、われらも楽しみが生じましたと。おふたりの棒術の稽古をこの舵場から毎日見物するんが楽しみですもん。肥前長崎まで上海丸の主甲板道場をせいぜい好きに使いない」

と含みを持たせたような笑みで応じた。

桜子があたりの海を眺めまわし、

「あの陸地はどこかしら」

「ありゃ、豆州下田湊、岬の先端は石廊崎やな」

と告げ、

「上海丸もあんたさんふたりを乗せたことを喜んでおると。東の風に押されて順調な航海たいね」

と言い切った。

そんな同日同刻限、お琴こと横山琴女は柳橋の船宿さがみを訪ねていた。船着場にすっかりさがみの男衆になったヒデがいて、お琴を迎えた。

「ヒデさん、桜は仕事が忙しそうね。ああ読売にあれこれと書かれたんだから千客万来ということかしら」

と声をかけると、

「ううーん、それがな」

と言い淀んだ。

「どうしたの」

「ほれ、桜子さんの猪牙舟は船着場に舫ってある」

「どういうことなの。仕事ではないの」

「おれたちはなんも知らん。けど」

「けど、どうしたの」

「あっちで小耳に挟んだんだけど、桜子さんは江戸にはいねえそうだ」

と船宿さがみの方角を見上げた。

「はあっ、どういうことよ。いいわ、親方に聞くわ」

「親方に聞いても、なにも知らねえと言われるだけよ。その一件に触れるとえらく機嫌が悪くなるぞ」

とのヒデの言葉に苛立ったお琴は、

「ならばだれに聞けば分かるのよ」

と質した。

「おれたちも知りてえ。こいつはよ、妙な感じなんだよ。おととい、突然桜子さんの姿が柳橋界隈から掻き消えたのよ」

と答えるヒデの顔には不安があった。

「行方知れずというの、なにか騒ぎに巻き込まれたのかしら」

「そうかもしれねえが、おりゃこれ以上なんにも知らねえんだ」

と応じたヒデに、

「分かったわ。ありがとう」

と言い残すとお琴は自分の家である米沢町の寺子屋に戻りかけ、途中神木の三本桜に拝礼して、

(お桜様、桜子になにが起こっているか教えてください)

と願いながら、これから訪ねる先を思いついた。

「お桜様、ありがとう」

と礼を述べると急ぎ足で柳橋界隈から両国西広小路へ向かった。もっとも近ごろでは下柳原同朋町から吉川町、そしてこの広小路も含めて、

「柳橋界隈」

と呼ぶ住人が増えていた。

お琴が訪ねた先は薬研堀の香取流棒術大河内道場だ。稽古の声や音が片番所付の門外まで聞こえてきたが、なんとなくいつもの緊迫した打ち合いの気勢が感じられなかった。

門前の日陰に飼い犬のヤゲンが元気なく寝そべっていた。

(どうしたのかしら)

お琴は幼いころ桜子と道場を覗(のぞ)いていた縁側へと回った。

今日も餌(えさ)をつついて回る数羽の鶏がいた。道場の見所(けんぞ)には大先生の大河内立秋老が座して黙然と門弟衆の稽古を見ていた。

立秋老がお琴に気付き、腰を上げるとお琴のもとにやって来た。

「なにか用事かな、おちびさん」

「若先生は道場にいないの」

「おらん、不在だな」

「御用で出ておられるの」

「そうではないわ」

と答えた立秋老が縁側にぺたりと腰を下ろした。

そのとき、お琴は気付いた。

「ご隠居さん、小龍太さんもいないのね、桜子といっしょにどこかへ行ったのね」

立秋老が、畑に立ち入って青菜の葉っぱを啄む鶏を見ながら、

「そういうことだ」

「どこへ行ったの、大先生」

立秋老がお琴を見た。

それはお琴が初めて見る、年老いた立秋の顔だった。

ヤゲンが隠居の足元にすり寄った。

お琴は、

(ひょっとしたらヤゲンもふたりの行き先を知りたいのではあるまいか)

と思った。

「どうしたのよ、大先生」

「わしが知ることはさほどない。桜子と小龍太は一年ほど江戸を不在にして、どこぞで時を過ごす、そのことだけだ」

「なんなの、ご隠居、そんな話聞きたくないわ。ふたりについて、もっとまともな話はないの」

「これ以上もこれ以下もまともな話などない」

「なぜ咎人のようにふたりで身を隠すのよ」

「それだ、隠さざるをえないゆえ、身内にも親しい朋輩のそなたにもひと言の断わりもなく江戸から姿を消したのだ」

「ふたりの身に危険が迫っているの。小龍太さんも桜子も大先生の弟子でしょ。どんな相手にだって抗う業前は持っているでしょ」

「お琴、人間ふたりが抗う力など、公、いや、大勢相手には無力だ。そう思わぬか」

と立秋老が言いかけた言葉を飲み込み、そう言い直した。

「ふたりしてどこへ行ったのよ」

「お琴、もはやこの一件をあちらこちらに聞き回るでないぞ。そなたになにが降りかかってもいかぬ」

「ご隠居さん、私にも、横山琴女にも危険が降りかかるというの」

「桜子と小龍太のふたりが悩んだ末に選んだ道と考えよ、お琴」

長いこと沈黙して思案したお琴が、

「分かったわ」

と応じて立ち上がった。

「一年後にこの江戸に、柳橋や薬研堀に帰ってくるのよね」

と念押しした。

それに対する立秋老の返事はすぐにはなかった。

飼い犬のヤゲンが立秋老に催促するように吠(ほ)えた。すると老人が、こくりと頷いた。

大河内道場の縁側に無言の時が流れた。

「私、家に戻るわ」

「ああ、ふだんの暮らしを続けよ。それしかわれらに残された道はない」

と立秋老が力なく言った。

お琴は薬研堀の大河内道場から米沢町二丁目の寺子屋に戻りながら、立秋老が言いかけて、言葉をすり替えたのは何だったか、と思った。

(そう、「こう」と言いかけて、いや、大勢相手には無力と言っていたわ)

「こう」とは公儀のことではないか。とすると桜子と小龍太がこれまで関わった騒ぎのなかで公儀が背後にいると思しき一件はどれか。

(桜、どういうことよ)

と一番親しい友であるひょろっぺ桜子にちびっぺお琴は心のなかで質した。

(ちびっぺお琴、若先生とわたしが江戸を留守にする曰くなんてどうでもいいと思わない。一年待ってね。わたしたち、必ず元気で柳橋に戻ってくるわ)

との桜子の言葉が胸に響いた。

三

肥前長崎の長崎会所所有の交易帆船上海丸は、順調に航海を続けていた。

不意の乗船客小龍太と桜子が棒術の稽古を終えたとき、カピタンの娘の杏奈がふたりのもとへ姿を見せた。

「船は相模灘を過ぎたわ。風の具合が変わったせいで予定より幾分遅いそうよ」

と告げた杏奈は、

「コンバースに案内するわ。船内を自在に歩けるようになるには三月(みつき)はかかるかな、結構厄介なの」

「ありがとう、杏奈さん」

ふたりが知る上海丸はごく一部、主甲板の船尾側、上甲板の船室と最初の夜に寝た荷物室のような小部屋くらいだ。

杏奈は上海丸の舳先方向へと艫(とも)補助柱、主帆柱、舳先補助柱にはためく帆の下を抜けてふたりを導いていった。

「主甲板から船倉のある上層甲板に下りる方法は、この舳先にもあるの。舳先には水夫たちの小部屋があって、濃い霧の海を走るときなどに見張りにつくところよ」

と無人の小部屋から上層甲板へと誘(いざな)った。

桜子と小龍太はうす暗い船倉に目が慣れるまでしばし狭い階段を下りた踊り場で待った。

「杏奈さん、いきなり船倉に下りて夜目(よめ)が利(き)くの」

「慣れかな。まず船倉を承知していなければ歩くなんて無理ね、上海丸の船倉は上層甲板、中層甲板、下層甲板と分かれていて、最下層には四斗樽(しとだる)やら飲み水、私たちが食べる食料を入れてあるの」

「杏奈どの、上海丸は交易帆船じゃな」

「そうよ。長崎にオランダや清国から入ってくる異国の品を江戸へ運んでくるの。とはいえ、上海丸は江戸府内には近づけない。だから、おふたりも神奈川宿の沖合で乗り込んだでしょ」

　桜子には理解のつかないことを杏奈が言った。

　小龍太は長崎からの交易船に抜け荷が積んであるせいかと推量した。

「長崎から異国の品々を江戸へと送り込んで、かように長崎に戻る上海丸は空荷かな」

「それでは商いにならないわね。交易帆船は行きも帰りも荷を積んでなんぼの儲けよ」

「江戸から長崎への荷とはなんだな」

「長崎への荷ではないわ。ヨーロッパとか欧州と呼ぶオランダ国などに向けた荷が積んであるの」

　と小龍太の言葉に答えた杏奈が、

「私のあとに従ってきてね。階子は急で通路は狭いから」

　と桜子と小龍太に言った。

　杏奈の言葉遣いは折り折りで変わった。それだけいろいろな土地を訪問しているということか。

「船倉の荷もかような階子を使って下ろすのかな」

　小龍太が問うた。

「ふたりが棒術の稽古をした主甲板に大きな口が二か所切り込んであったのに気付かなかった。和船の甲板はただ床を張っただけだから荒れた海では船倉に水がじゃぼじゃぼ入ってくる。だけどこの上海丸のように異国で建造された交易帆船は、大事な荷を濡らさないように水密甲板になっているの。その主甲板に積み荷用の口があけてあるのよ。大きな荷は轆轤（ろくろ）を使って船倉に下ろすの。この次、棒術の稽古をする折り甲板の床をよく見て」

　と杏奈は説明してくれた。

　うす暗い船倉は確かに複雑に上り下りして入り組んでいた。

「われらの左右の棚に江戸からの荷が積んであるのだな」

「小龍太さん、そういうこと」

「異人さんが喜ぶ江戸の品ってなにかしら」

「桜子さん、そうね、長崎とバタビア（ジャカルタ）を経て（へ）ヨーロッパに運ばれるのは、金・銀・銅のほかに樟脳（しょうのう）、漆器、焼物、屏風（びょうぶ）や掛け軸などの絵や調度、それに刀剣や鎧兜、茶葉もあるわ」

「驚いたわ、金銀銅まで異国に売られていくの」

「かの地の人は和国を黄金の国と思っているんですって。ほんとうは公儀も金銀は江戸に残しておきたいのではないかしら。日本を黄金の国なんて思う江戸っ子がいる」

「杏奈さん、すごい物知りよね。どこで学んだの」

と桜子は杏奈の説明が詳しいので驚いた。

「桜子さん、上海丸は交易帆船、異国との商いをしている長崎会所の船よ。この程度は長崎の住人ならだれでも承知よ。なにしろ莫大な荷を、何万両分もの品を売り買いするのだから、当然の知識よね」

とあっさり杏奈が桜子の問いに答えた。

そのとき、どこからともなく猫の鳴き声が波風の間から聞こえてきた。

「空耳かな、猫の鳴き声を聞いたようよ」

「あの鳴き声は上海丸の一員でもある飼い猫の声よ。積み荷には茶葉や食料があるでしょ。その食料目当てにネズミが巣食っているの。だから交易帆船には必ず猫を乗せているわ」

「驚くことばかりじゃな」

と感嘆した小龍太が、

「杏奈どのはこの船に何万両分もの積み荷が載っていると言われたな。長崎会所は公儀の役所かな」

「いえ、長崎会所は和国でただひとつ、異国のオランダや清国と交易を許された長崎の町人たちによる、朱印状を持ったお店だと思って」

しばらくふたりは無言だった。

江戸で暮らしていた折りの経験や知識はなんの役にも立たないことだけは分かった。

「ご両人さん、一気にすべてを分かろうとしないで。長崎は確かに江戸の公儀が支配する地だけど、京とも大坂とも違う港町と覚えておいて」

しばし間を置いた小龍太が、

「長崎か」

と呟いた。

一方、桜子は長崎という地名しか頭のなかに残っていなかった。

「わたしたち、どうなるのかしら」

「さあてのう」

と言い合うふたりを振り返った杏奈が、

「コンバースに案内するわ。上海丸のご飯は美味しいわよ」

と言い、階子を上がった。

すると突然開けた空間が桜子と小龍太の前に現れた。

ふたりは立ち竦んだ。二十数畳はありそうな広さだった。積み荷や樽や縄などがきちんと置かれているが、水夫たちはそれぞれ腰を下ろす場所を見つけて食事をしていた。

「水夫たちはこのようにして食事をとるのだな」

「カピタンやお客様のための格別の部屋が舵場の下にあるの。桜子さんと小龍太さんもそちらで食事をと父は考えたようだけど、若いおふたりは気兼ねするんじゃないかと、私から父に願って水夫たちと同じにしてもらったわ」

「おお、良き判断でござる。われら、客ではない。船賃もどうしていいか分からぬ押しかけだからな。長崎まで送ってもらうだけで十分にござる」

と小龍太が杏奈に応じた。

「ひとつだけふたりに注意しておくことがあるわ。カピタンや上位の者と水夫たちの間には厳しい違いがあるの。上海丸には異国の軍船の身分差に準じた仕来り(しきた)が伝わっているからよ。外海に出るといろいろな困難が立ち塞(ふさ)がる。嵐や海賊も襲いくるし、船戦(ふないくさ)にも巻き込まれることもある。

軍船の船長のひと言はなにものにも勝るものなの。船長は孤独であっても水夫らと気安く交わってはいけないの。威厳を保つ要があるの。言葉遣いから格別に誂(あつら)えた服、それから食事も食べる場所も大勢の下っ端とは違うの。つまりカピタンはここに姿を見せることはない」

しばし考えた小龍太が問うた。

「杏奈どのは、カピタン側の人間ではないのか」

「私、カピタン側ともいえるし、水夫側の人間ともいえる。どちらからも信頼されてないのは私ひとりかな」

と笑い、

「そんな私が江戸の若い男女と上海丸で昼夜をともにするなんて初めてのことよ。だから仲間と思っているの。迷惑かしら」

「とんでもない。われらと同じ年頃の杏奈さんがこの船に居てくれてどれほど安堵しておるか」

「小龍太さんのいうとおりよ。船に乗っている間、わたしたちが間違ったことをしたらすぐに注意してね」

とふたりは正直な気持ちを告げた。

そのとき、ふたりはいいにおいに気付いた。

「あら」

「おう、なんとも美味(うま)そうなにおいじゃな」

と言い合うふたりを台所と思しきところに杏奈が連れていった。

「お客人ふたりに今日の昼餉を食べさせてやってくれんね」

と願うと、動きやすそうな衣服を着た年配の女衆ふたりが、

「杏奈お嬢さん、承知しましたと」

と大きな鍋(なべ)から湯気のあがる料理を器に注ぎ始めた。

「おふたりさん、ここに腰かけて」

と言われて桜子と小龍太は若い水夫らが豪快に食する場所から一番遠い長椅子の上に腰を下ろした。すると水夫のひとりが、

「ようこそ上海丸のコンバースへ来なさったな。この船のめしは美味しかたい」

と若いふたりを仲間と思ったか、声をかけてきた。杏奈を気にしながらの言葉

だった。

「なんともいえぬにおいに腹が鳴っておるわ」

と小龍太が応じたところに杏奈が盆を運んできた。ふたりの盆も賄い方の女衆が運んできた。

「本日の料理は、長崎料理ではないわ。交易の立ち寄り港バタビアの食べ物ナシゴレンね。オランダ商船が長崎にもたらした料理と聞いているわ。長崎の出島ではよく食べるのよ。海鮮や野菜といっしょにご飯をサンバ、マニス、ナラシなどの薬味やたれで味付けして炒めたものよ。食べてみて。初めての人にはちょっときついかな」

と言った杏奈がさじを使い、食べて見せた。

具といっしょに炒めた黄色のご飯には卵焼きや青野菜が載っていて色鮮やかだった。

ふたりも杏奈を見習い、バタビア料理のナシゴレンにさじを入れた。

このところ食事を楽しむ気持ちのゆとりもなかったふたりだ。どんなものが入っているのか分からなかったが、まず初めての香りに驚かされた。

先に口に入れたのは小龍太だ。

「おお、美味いぞ、これは」

と感激の声に桜子も料理を食した。

ぴりりとした香辛料が利いた食い物を初めて口にした桜子も、

「わたし、異国に行っても生きていけそう」

と声を上げた。

「ふっふっふ」

と笑った杏奈が、

「上海丸の料理が最初から口に合う江戸の人なんて初めて見たわ」

と驚いた。

「われら、この二日余り落ち着いた心持ちで食い物を食すことができなかった。そのうえ、最前棒術の稽古で体を動かしたでな、胃の腑が、腹が減ったと訴えておったわ。それがし、この食い物、気に入り申した」

という小龍太の言葉に桜子も頷いた。

「いい、辛かったら、この紅茶を飲みなさい」

杏奈がきれいな器に入った飲み物をふたりの前に置いた。

桜子も小龍太もバタビア料理のナシゴレンを夢中で食し、天竺（インド）産の茶葉で淹れた紅茶を楽しんだ。

「どう、お腹いっぱいになった」

「上海丸の料理は量が多いのね。でも、美味しくて夢中で食べてしまった」

と桜子が満足げな顔で告げ、

「外海を走る帆船ではかように贅沢をしておるか」

と小龍太も感動の言葉を告げた。

「長崎会所の帆船だからきっとほかとは違う料理が出せるのね。おふたりが満足ならばうれしいかぎりよ」

「杏奈どの、われらが手伝えることはなんぞないか」

「あらあら、少しは船旅を楽しんだら」

「とは申せ、客人扱いは退屈でな。なんぞ手伝いたいが、桜子は舟の船頭とはいえ、できるのは小さな猪牙舟の櫓を漕ぐことくらいか。それがしにいたっては香取流棒術と香取神道流の剣術を少しばかりかじっただけでな、なんの役にも立たぬ」

自分の技量を控えめに告げた小龍太の言葉に杏奈が微笑んで、

「退屈ならばおふたりにお願いしたいことがあるわ」

「なんであろう」

「船に乗っている間、水夫たちに棒術を教えてくれませんか。私も桜子さんから最前拝見した棒術を習いたいわ」

「お安い御用ではあるが、上海丸の水夫たちが棒術を習ってなんぞの役に立つかな」

「最前、言わなかったかしら。この上海丸には和国のお金で何万両分もの値打ちのある品々が積まれているのよ。それを狙って海賊船が襲ってくることもある。となると、カピタン以下、四十数人の水夫たちで上海丸と積み荷を守らねばならないわ」

「おう、その折りはそれがしも桜子もご一統に加わって戦いますぞ」

「心強い」

と言った杏奈に小龍太が、

「待てよ。異国の帆船には大筒（おおづつ）が積まれていると聞いたことがあるぞ。上海丸には大筒は据（す）えられておらぬか。ゆえに棒術で海賊どもを退（しりぞ）けようというのかな」

杏奈がしばし黙り込んだ。そして、告げた。

「上海丸にも右舷（うげん）左舷（さげん）に四門ずつ八門の大筒が備えてあるわ。とはいえ、遠くから大筒を撃ち合ってもなかなか当たらないものよ。結局、最後は船と船をつけての斬り合い、殺し合いになるわね。そこまで行ったら勝とうと負けようと交易は大失敗よ。それをさせないことが船乗りの務めね」

　こんどは小龍太が黙り込む番だった。そして、

「桜子、理解がつくか。われら、大筒八門を備えた交易帆船に乗り組んでおるのじゃぞ。この数日、懸念した騒ぎはなんであったかな、忘れたぞ」

　と言ったものだ。

「わたし、最前からふたりの問答がよく分からないわ。ともかく棒術の稽古の手伝いならばできるけどな」

「桜子さん、それが私たちにとって大事なの。明日の朝から、操船の合間を縫って水夫たちに棒術を教えてくださいな。なにか用意するものはあるかしら」

「わたしたちに造ってくれたような六尺棒か稽古槍が人数分あると明朝から稽古ができるわ。そうよね、若先生」

「いかにもさよう。棒造りはそれがしも手伝おう」

　と小龍太が請け合った。

　杏奈がふたりに頷くと、

「小龍太さん、大筒に関心があるならあとで見せるわ。でも、うちの水夫の数では上海丸を走らせながら同時に撃てるのは二門か、せいぜい三門というところよ」

と杏奈は答えて、午後からの予定が決まった。

まず杏奈が舵場のカピタンのところへふたりとのやり取りを告げに行った。その間、ふたりは船室に戻り、昨日、読む機会を失っていた江ノ浦屋彦左衛門と大河内立秋からの文を読むことにした。

桜子に宛てた彦左衛門の文には、肥前長崎を仕切る長崎総町年寄の高島東左衛門に何事も困ったことがあれば相談せよと重ね重ね記してあった。彦左衛門はこの総町年寄東左衛門とは江戸において面識があるが、長崎は訪問したことがないようだった。

桜子は読み終えた彦左衛門の文を小龍太に渡した。

小龍太もすでに祖父であり棒術の大師匠からの書状を読み終えたようで、何事か思案していた。

「なにか案じられるようなことが認めてあったの」

「祖父はわが父からそれがしの行動についてなにか言われたようで、そのことをそなたが気にすることはないと認めてきた」

「小龍太さんのお父上は公儀の重臣からなにか言われたのかしら」

「祖父は詳しいことはなにも認めておらぬ。そなたと桜子の両人が判断し、行動したことを棒術師匠の大河内立秋は是とするとある」

「お父上も、こたびの妙な騒ぎに巻き込まれなければいいけど」

「父上は御同朋頭としてそれなりの思慮を有しておられる。ゆえに、一切知らぬ存ぜぬということで押し通されるのではあるまいか。祖父もそう考えておられる」

「それが通じる相手なのかしら」

「桜子、もはやわれらは江戸から遠く離れた外海を行く交易帆船上海丸に乗船しておる。どう考えたところで、われらがなにかを為すことは出来ぬ。ならば、江戸のことはわが祖父や江ノ浦屋彦左衛門どのにお任せするしか手はあるまい」

との言葉に桜子が思案して頷き、

「わたしどもが出来ることは棒術を上海丸の水夫方に教えることね」

「そういうことだ」

「小龍太さん、わたしの望みは猪牙舟の娘船頭になることだったわね。あれはまぼろしと消えてしまうのかしら」

「さあてな、肥前長崎なる港町が向後のわれらにどう関わり、なにを授けるのか。いったん娘船頭への思いは桜子の心のうちに留めておかぬか。われらが一年後、江戸に戻った折りに再考すればよかろう。ただいまは」

「この上海丸の上でやれることに専念することね」

とふたりが言い合ったとき、杏奈が船室の扉を叩いた。

四

主甲板に十数本もの棒があった。なにに使われるものか、棒の長さは十五尺ほどだ。若い水夫恭次郎と英吉のふたりが小龍太、桜子を手伝い、棒術の稽古に使う六尺棒をせっせと造っていた。一本の棒から二本の六尺棒と三尺の半端が出たが、若い水夫は気にする風はない。

刻限は八つ（午後二時）時分、舵場では異人の時計があって昼二時と呼ばれた。

上海丸はどこを走っているか。もはや富士山の姿は海上から見えなかった。

男三人が六尺の長さに切り、桜子が小口を鉋で削ってヤスリで棒術の道具らしく整えた。

舵場にはカピタン・リュウジロの姿はなく副カピタンの亥吉が操船指揮をとっていた。そのことに気付いた桜子が訝しげな顔をした。すると、今朝桜子と小龍太を立派な船室に案内してくれた恭次郎が、

「カピタンは部屋で寝ておる刻限たい。上海丸は和船とは違い、どこの風待ち湊にも立ち寄らず外海を一気に走るとよ。操船はカピタンと副カピタンがおよそ二刻、四時間交代で指図するとよ」

と舵場にカピタンの姿が見えないわけを説明してくれた。

「交易帆船は夜間帆をたたみ、港々に立ち寄って碇を沈めることはないのか」

「なかと、船は夜間も走るたい。あれこれと道具もあれば海図もあるでな。ヨーロッパから長崎に来るオランダ帆船はひと月もふた月も航海するげな。この上海丸も江戸から長崎まで一気に走ることができると」

「上海丸は大きいだけじゃないのね、わたしたちが寝ている間にも走っているのね」

「桜子さん、そりゃそうじゃ。夜間船をいちいち止めていたらどうなるな。日数が何倍もかかろうが。上海丸は積み荷を和船の何倍も積んで十日余りの日数で江

戸から長崎に、どんな船よりも一日でも早く届ける、これが異国交易の荒技たい」

と恭次郎が胸を張った。

「異国はあれこれと進んでいるのね。わたしたち、棒術の稽古の棒造りなどしていていいのかしら」

「桜子、最前からそれがしもそのことを考えておった。だがな、杏奈どのから海賊船が交易帆船を襲うことがあると聞かされたな。そのために棒術が有用ならば、こうして棒造りする意味もあろうと己に言い聞かせておるところよ」

と小龍太が言ったとき、水夫頭（かこがしら）の五郎次（ごろうじ）が姿を見せて出来上がった六尺棒を手に取り、

「ふんふん、これが棒術の稽古道具か。えらく簡素な道具やな」

と振ってみせた。

「水夫頭どの、上海丸の海賊相手の武器はどのようなものかな」

「おお、それか。船に大筒が積んであるのを杏奈お嬢さんから聞いたな。そのほかにエゲレス国のマスケット銃やアメリカ渡りの連発短銃を携えておるたい。ご両人、こげんなことは江戸には内緒ばい」

「承知仕った。だが、海賊襲来の折りのためにそれがし、見ておきたいな」

「よかろ」

五郎次が恭次郎に命じて船倉から一丁の鉄砲を持ってこさせた。なんと鉄砲の先には剣までがいかめしく装着されている。

小龍太は差し出された剣付きのマスケット銃を受け取り、

「重いな。この鉄砲を和人が自在に使いこなすのは大変ではないか」

「そこだ。カピタンがそなたらの棒術に目を付けたのはその点よ。マスケット銃は体の大きな異人用の鉄砲たい。力自慢のわしら水夫でもなかなか使いこなせぬわ」

と小龍太からマスケット銃を受け取ると、銃口を海に向けて撃つ仕草をしたあと、銃剣の使い方を小龍太と桜子に見せてくれた。

小龍太は桜子が鉋とヤスリをかけた六尺棒の一本を手にして、

「水夫頭、それがしにその剣付き鉄砲で攻めてみてくれぬか」

「下手すると怪我するばい、よかな」

五郎次が本気かと問うた。

「おう、海賊どもが襲いきたつもりになって、それがしに剣付きの鉄砲の扱いを見せてくれ。手を抜いてはならぬ。その折りは六尺棒で脳天を強打するでな」

小龍太の言葉に水夫頭が頷くと真剣な表情になってマスケット銃を持ち直した。

両人が主甲板上で対峙した。

「ほんとうにいいんだな」

と水夫頭が念押しした。

「実戦と思いなされ」

小龍太が六尺棒を険しい顔で構え、水夫頭が右腰にマスケット銃を固定して銃剣を突き出し、

「いくばい」

と言ったが気迫に欠けていた。どことなく水夫頭の動きは鈍かった。

銃剣の先も小龍太の体の前で止まっていた。

「水夫頭、本気ではないな」

「そりゃそうじゃ、お客人に怪我をさせるわけにはいくめえ」

「よし、それがしに鉄砲を貸してくれ。桜子、そなたが棒で受けよ」

と命じた。

桜子が六尺棒を手に取り、剣付き鉄砲を手にした小龍太と向き合った。桜子は

一瞬、剣付き鉄砲が恐ろしげに見えたが、己に、

（これは遊びではない、本気の戦いよ）

と言い聞かせた。

睨み合った両者が同時に動いた。

小龍太の銃剣の切っ先が桜子の胸を突き、桜子の六尺棒が銃剣を弾き、さらに銃剣が速さを増して突いてくるのを六尺棒で撥ね、弾き、だんだんと戦いの速度が増した。もはや両者は香取流棒術の早攻めの勢いで攻守を繰り返していた。

水夫頭らは呆然としてそれを見詰めていた。

どれほど打ち合ったか、小龍太が間合いを取った。

桜子も阿吽の呼吸で後ろに下がった。

「ううーん、剣付きのマスケット銃を長い間は振り回せぬな。重いうえに剣を付けた鉄砲は扱い難いわ」

と小龍太が感想を述べた。

「おい、あんたら、本気で攻め合ったな」

「水夫頭、立ち合いは本気でなければ意味がない。カピタンがそなたらに棒術の稽古をつけてくれと命じた意が分かったぞ」

いつの間にか主甲板に水夫ら十数人が姿を見せ、舵場の副カピタンらも突然始まった剣付きマスケット銃と六尺棒の立ち合い稽古を見たようだ。

見物人のなかでも背丈が小龍太より高くがっしりとした水夫が、

「マスケット銃で本気で攻めておるようだが、このふたりは馴れ合っておらんか。海賊どもにそんな手妻のような攻めも守りも通じめえ」

と言い放った。

「大力の勇太郎、このふたりの立ち合いが手妻と蔑むか」

「水夫頭、おれにマスケット銃を扱わせてみよ。女子など一撃で突き殺してみせるぞ」

と桜子を見た。

「試してみますか、大力の勇太郎さん」

「な、なに、おれの攻めを受け止められるというか」

「はい」

と桜子が応じると、小龍太が平然として剣付きマスケット銃を勇太郎に渡した。

「あんたら、本気か。勇太郎は長崎で異人たちから直に剣付き鉄砲の扱いを教えてもらっとるぞ。大怪我をするような真似はやめとけ」

と水夫頭が狼狽の声で制した。

「水夫頭、案ずるな」

と小龍太が言い、

「勇太郎どの、桜子を突き殺すつもりでやれ、遠慮は無用じゃ」

と言い切った。

両人を凝視していた勇太郎が、

「突き殺されてもいいんじゃな。おりゃ、責めは負わんぞ」

「わたしが突き殺された折りは外海に投げ込んでくだされ。わたしどもふたりが上海丸に乗っておることなどだれも知りませぬ。勇太郎さんにだれも責めは負わしますまい」

と即答した桜子がいつもの棒術の構えをとった。

勇太郎が無言で剣付きマスケット銃を片手で握り、ぶるんぶるんと振り回すと、

「いくぞ」

「どうぞ」

と両者が言い合った。

剣付きマスケット銃を腰骨につけて構えた大力の勇太郎が覚悟を決めたように、

すっ
と踏み込み、銃剣を突き出そうとした。

同時に桜子も踏み込んでいた。

果敢な行動に勇太郎が驚いたが、一瞬の裡に気持ちを立て直し、生死の境へと飛び込むと銃剣をひょろっぺ桜子の胸に鋭く突き出した。

主甲板上の水夫たちから悲鳴が上がった。

次の瞬間、なんと勇太郎のマスケット銃を桜子の六尺棒が下から跳ね上げて飛ばしていた。さらに立ち竦んだ大力の勇太郎の肩口に六尺棒が振り下ろされたが、ぴたりと棒は肩に接することなく静止していた。

「嗚呼ー」

と悲鳴を上げたのは勇太郎だった。

上海丸の主甲板じゅうの水夫たちが言葉を失い、黙り込んでいた。

突然、大きな笑い声が響き渡った。

桜子が勇太郎の肩口から六尺棒を引き、笑い声の主が対決の場に姿を見せた。

カピタン・リュウジロだった。その背後に娘の杏奈が控えていた。

「分かったか。この両人の棒術の恐ろしさが」

とカピタンが宣告した。

「よいな。この両人が上海丸に乗船している間、ふたりを師匠と崇め、棒術を学ぶのだ。本気の修行がどのようなものか分かったか、勇太郎」

言葉を失っていた勇太郎ががくがくと頷き、

「カ、カピタン、分かりましたと」

と応じた。

「ならば師匠方に指導の礼を述べぬか」

と言われた勇太郎が、

「ご両人、実にすまんことでした。おれに、いや、わしに棒術を教えてくだされ」

と頭を下げて願った。すると水夫頭以下の面々が、

「師匠、わしらにも棒術を指導してくだされ」

と願った。

「相分かった」

と応じた小龍太が出来たばかりの六尺棒の一本を手に取った。

「われらふたりの上海丸への乗船を快く許されたカピタンを始め、ご一統様、感

謝申し上げる。細やかながらお礼代わりに江戸は薬研堀にて当家が代々指導してきた香取流棒術をご披露申し上げる次第です」

と改めて挨拶した小龍太が桜子と向き合った。

「参る」

「若先生、存分にご指導くだされ」

ふたりは混沌としたこの数日を忘れて互いに六尺棒を構え合った。

一瞬の対峙ののち、桜子の棒が三檣帆船の帆のはためきを断ち切って下段から小龍太の胸へと流れていった。

見物の一統は、六尺棒が長大な刃に変じたように感じて背筋がひやりとした。

その攻めを小龍太が軽く躱したのが始まりで、二本の棒の玄妙にして素早い動きが攻め、守り、攻守を交代しながら続けられた。一瞬の弛緩もなくひたすら棒が複雑に絡み合い、打ち合った。

突き、叩き、薙ぎが素早く繰り返された。

上海丸はその間にも風に乗って十数ノットの速度で外海を疾走していた。

どれほどの時が流れたか。

いつの間にか陽射しが傾いていた。

「もう五時、七つ半じゃぞ」

と舵場から告知する声が聞こえたとき、小龍太と桜子が六尺棒を小脇に戻した。

カピタン・リュウジロが、

「ふううっ」

と長い息を吐いた。

一礼する両人の額に汗はあったが息は平静に見えた。長丁場(ながちょうば)の打ち合いでは息が弾み始めた瞬間から微妙に体と棒の動きを緩(ゆる)やかにしていく。

香取流棒術の修行者のなかでも数人しか会得していない呼吸法だった。だが、初めて両人の打ち合いを見てこの微妙な変化に気付く者はいなかった。大河内家の代々が少しずつ身につけてきた技だった。

「これがわが大河内家に伝わる香取流棒術にござる。江戸が開闢(かいびゃく)しておよそ二百年、城の内外で刀を抜くことは、家名に関わる騒ぎを招くやもしれませぬ。その点、上海丸に積まれていた棒を持って稽古をすることは、江戸においても許されましょう。

当家に香取流棒術が代々受け継がれていくあいだに新たな攻めや守りが加わりました。拝領屋敷のなかで主に公儀の子弟に指導する香取流棒術はすでに大河内流の棒術と変化しております。

それがしの相手をしてくれた桜子は町人の娘です。この桜子は八つの折りから大河内道場に入門し、猪牙舟の船頭である父親から受け継いだ櫓の漕ぎ方と相まって、足腰が並外れて強い。そのお陰もあってこの十年の修行の間に男の門弟を抜いて、代々の門弟の十指、いや、五指に入る技量を会得しておりまする」

「なんとのう」

と思わずカピタンが感嘆した。

「カピタン、われら、一年ほど江戸を離れていなければならぬ曰くがあって、この上海丸に乗船させてもらっています。上海丸は長崎の交易を束ねる長崎会所の所有船とか。長崎に到着して次なる御用で出船されるまでの間、われらが上海丸に出向き、棒術を指導することもできまする。われらの武術が上海丸のご一統に役立つならば、存分に使うてくだされ」

「大河内小龍太どの、私ども上海丸の一同は、そなたらおふたりを改めて大歓迎いたしますぞ。まずは明日から棒術の本式の指導を願います」

とのカピタンの言葉に、

「棒術ばかりではのうて、われらふたりが手伝えることがあれば手伝います。なんなりとお申しつけくだされ」

と小龍太が願った。

「大河内小龍太どの、そなたの剣術の技量はいかほどですかな」

とカピタンが質した。

「それがしの剣の技量ですか。流儀は香取神道流でござるが」

「カピタン、若先生は香取神道流の目録の会得者にございます」

と桜子が言い添えると、

「やはりな」

と得心するように言った。

そんな刻限、柳橋の芸子、軽古(けいこ)と吉香(きちか)は船宿さがみの客に呼ばれて船着場にいた。未だ客人は船宿のなかにいた。

「あら、ヒデさん、まだ柳橋にいたの」

と軽古が聞いた。

「おお、おれたちな、さがみに夫婦して勤めることになったんだよ。川向こうのぼろ長屋からよ、引っ越してきたばかりだ。今後ともよろしくな」

「川向こうの仕事、よく直ぐに辞められたわね」

「おお、それだ。定町廻り同心の堀米の旦那と吉川町の鉄造親分がよ、親方に掛け合ってくれたのさ。それでこちらに身を移したのよ」

「よかったわね」

と吉香が自分のことのように喜んだ。

ふたりに頷いたヒデが、

「その分じゃ未だ知らねえようだな」

「なにを知らないというの」

「うーむ」

と応じたヒデがしばらく考え込んだ。

「なによ、言いなさいよ。気を持たせてさ」

「軽古さん、吉香さんよ、桜子さんの姿をこのところ見たか」

「それよね、読売に載ったりして滅法忙しいんでしょ」

という吉香に桜子の猪牙舟を指したヒデが、

「桜子さんはよ、おれたちになにも告げずに江戸を離れたぜ」

「なんのことよ」

と軽古が反問し、ヒデが知りうるかぎりの経緯(いきさつ)を話した。

「そんな馬鹿な話があるわけないじゃないの」

「そうよ。桜子はこの柳橋生まれの生粋の柳橋っ子よ。どこへ行くというのよ」

と桜子とは幼馴染みのふたりが言い合った。

そのとき、船宿さがみの女将(おかみ)の小春(こはる)がお客人を案内して船着場に下りてこようとしていた。

「おふたりさんよ、この話に冗談は一切なしだ。おかみさんなんぞに聞くのもなしだ」

と真顔で言ったヒデはふたりから離れていった。

若い芸子のふたりは顔を見合わせ、

「お客様、わたしどもを指名して頂き、真(まこと)にありがとうございます」

と頭を下げた。

第二章　海戦はいかに

一

月明かりの下、上海丸は遠州灘を走っていた。

外海航海だ、どこにも陸影は見えなかった。

この夜、小龍太はなんとなく寝そびれて主甲板に立ち、祖父の持ち物の黒漆塗鞘大小拵えの大刀を手に主帆柱の帆が風をはらんで律動的な音を立てるのを聞きながら、香取神道流の独り稽古をした。

舵場には小さな灯りが点り、数人の人影が上海丸の運航に携わっていた。

その者たちの視線を受けながら真剣での素振りと抜き打ちを続けた。

上海丸では三十分と呼ぶ四半刻の間、稽古を続けた後、小龍太は刀を鞘に納めた。

祖父大河内立秋の持ち物の大刀は刃渡二尺五寸三分。江戸の初めのころ、相州鎌倉の刀鍛冶が鍛造したものと承知していた。

身内との別離の言葉もなく上海丸に乗らざるを得なくなったとき、偶さか腰にあった豪剣は江戸を離れて小龍太といっしょに肥前長崎へ旅することになった。

小龍太は運命をともにすることになった一剣に少しでも馴染んでおこうと夜稽古を思い立ったのだ。

上海丸での暮らしに小龍太も桜子も徐々に慣れてきた。

二日目の朝から、乗組みの水夫たちを組分けして暇のある組に香取流棒術を教えた。水夫たちは大力の勇太郎があっさりと桜子に制せられたのを見て驚き、またカピタンの強い命もあって客のふたりの棒術指導を受けることになった。

長崎会所所有の上海丸に乗り組む水夫たちは長崎で選ばれた男衆で小龍太が基から教え込むとすぐに動きや形を覚えた。

小龍太の指導で棒術の動きを学び始めた男衆とは別に、桜子は上海丸唯一の若い娘、杏奈に一対一の指導をした。さすがに何年も上海丸に乗り組んでいる杏奈は、男衆に比べても動きに遜色なく覚えがよかった。なにより波間を行く上海丸の揺れを杏奈は承知ゆえ、桜子が驚くほどの成長ぶりだった。

そんな風に小龍太と桜子は自分たちに課せられた運命（さだめ）を受け入れて、少しでも楽しもうと考えていた。

小龍太は相州伝の厚みのある刀を鞘に納めると舳先へと歩いていった。その足元は、乗組み員が、

「靴（シュフーネン）」

と呼ぶ革製の履物を履いていた。

小龍太と桜子が上海丸に乗せられたとき、草鞋（わらじ）履きだった。それを見た水夫頭の五郎次がカピタンと相談し、ふたりの足に合う靴を選んで、

「履いてみらんね」

と靴下（メリヤス）なる袋足袋（ふくろたび）といっしょに差し出した。

小龍太は大力の勇太郎とほぼ足の大きさが同じ、桜子は杏奈の予備の靴がぴたりと合った。最初革靴の紐（ひも）を結ぶのが厄介と思ったが、しっかりと足首で紐を締めて結ぶと草鞋より強度があるうえに、甲板の上で滑らないで身軽に動けることが分かった。

上海丸に乗船して三日目にはふたりして稽古着に革靴で足元を固めていた。

舳先の小部屋に灯りが点り、水夫たちが月明かりを頼りに行く手を見ていた。

「師匠」

と水夫の恭次郎が舳先上から声をかけてきた。どうやら小龍太の独り稽古を見ていたようだ。

「ご苦労じゃな」

と小龍太は二つ三つ年下と思える水夫に応じた。

「船の揺れに眠れないか」

「船の揺れにはなんとか慣れた。外海がこれほど穏やかとは考えもしなかったぞ」

「師匠、ふたりが乗り組んだからかな、信じられんように海が穏やかで風も強くなか。初めての外海航海ではいかな長崎人(ながさきびと)でも船酔いしてな、あげんに刀を振り回すことはできんと」

「なに、この波は格別に穏やかか」

「おう、天象(てんしょう)をよく知るカピタンの話では紀伊(きい)沖から土佐(とさ)沖で波が変わるそうじゃ。その折りの船の揺れ具合を楽しみにしておらんね」

「棒術の稽古ができぬほどか」

「荒れ具合によろうが六尺棒を振り回すどころじゃなか。嵐の折りは甲板から海に落ちんようにするのがわしら、水夫の使命たい。棒術の稽古は無理じゃなかろか」

「そうか、棒術の稽古は休みか。それでも上海丸は風待ち湊に入らぬか」

「舵場の命次第じゃな。野分んような強風は上海丸も太刀打ちできめえ。湊に入って強風が通り過ぎるのを待つと。師匠、聞いてよかな」

「答えられることは答えよう」

「桜子さんとふたり、上海丸が長崎に戻ると知らんで乗ってきたとな。江戸でなんばやらかして上海丸に乗り込んだとな。親が許さんけん、家出したとやろか」

若い恭次郎の好奇心に小龍太の顔に笑みが浮かんだ。

「桜子もはっきりとした理由が分からないまま、さるお方に相談したらこの上海丸に送り込まれたのだ。われら、駆け落ち者ではござらぬ」

「水夫の間でふたりの間柄をあれこれと言い合ったと。親の反対で駆け落ちという組が大半を占めたがな。そうか、となると魚河岸の大旦那の、江ノ浦屋の差配かな」

「上海丸は江ノ浦屋の大旦那と付き合いがあるようだな」

「おお、長崎会所と代々の江ノ浦屋とは昔から商い付き合いがあると」

小龍太が知らぬ江ノ浦屋彦左衛門の顔を告げた。江戸有数の分限者は魚河岸の老舗の五代目で鯛を城中に納めているだけではなかったようだ。

「われらをこの船に乗るように手配してくれたのははたしかに江ノ浦屋だが、桜子が江戸にいては迷惑と考えるお方は別人でな」

「お城の偉いさんか」

「恭次郎どのはよう江戸の政の仕組みを承知じゃな。ともかく桜子も推量できぬ曰くで江戸を一年ほど離れることを命じられてな、桜子を幼いころから承知の江ノ浦屋の大旦那に相談した結果、かような仕儀になったのだ。われら、二世を誓った許婚だが、それがし、こたびは桜子のただの付き添いじゃ」

「うーん」

と恭次郎が鼻で返事をしたとき、遠くの陸影で花火のようなものが打ち上げられた。

「ああ、あちらが陸か。花火を上げておるようだな」

と小龍太が月明かりでうっすらと見える陸地を望遠した。

一方、恭次郎は花火を凝視していたが、

「舞坂やな」

と呟き、

「師匠、わしら、三河に立ち寄ることになるたい」

と告げた。

「どういうことか。花火は上海丸と関わりがあるのか」

「江戸から長崎までの間、長崎会所の見張り所があちらこちらにいくつかあってな、用事があるときはこうして花火で知らせてくると」

「なんと花火は遊びではないのか」

「違うちがう。わしらの連絡の手段たい」

「驚いたな。外海を走る上海丸に陸地から連絡が入るか」

「昼間なら狼煙が上げられることもあると。上海丸は明日の昼前に伊良湖瀬戸を抜けて、三河の内海に入るな」

「なんのためであろう」

「三河からの荷を積み込むのじゃなかろうか」

かようなことは始終行われているのか、恭次郎があっさりと告げた。

江戸では棒術の指導に熱中してきた小龍太だが、異国と関わりのある肥前長崎の仕事ぶりが途方もないものと花火ひとつにも気付かされた。

「肥前長崎はどんなところであろうな」

と思わず小龍太が呟き、

「ふっふっふ」

と笑った恭次郎が、

「師匠、楽しみにしちょきない」

と言った。

「差し当たって明日じゃがな、予定を変えて上海丸は三河の内海に入るのじゃな」

「そういうことたい。少しでも寝ていたほうがよかと。船の揺れはな、意外に体を疲れさせると。三河は小龍太師匠、初めてな」

「三河どころか江戸から出たことすらないのだ。桜子もそれがしもな」

と答えた小龍太だが、

(江戸も柳橋界隈しか知らぬな)

と思い、愕然(がくぜん)とした。そんなふたりが海上四百七十余里も離れた肥前長崎に向かっている、数日前には夢にも考えられなかった変化にただただ驚くしかなかった。

「船室に戻る」

と言った小龍太がふと思いつき、

「恭次郎どの、和国の絵図は持っておるまいな」

「絵図な、水夫なら和国の形は頭におよそ入っとるとよ。よかろ、上層甲板の壁に貼ってあったな、それを剝(は)がして持っていきない」

と恭次郎が言った。

桜子は小龍太が船室の外へと刀を手に出ていったことを寝台で眠りながら気付いていた。船の揺れにうつらうつらとしているうちに目が覚めた。

(わたしも主甲板に出てみよう)

と船室を出て、ふと船倉への階段下を見た。

なんと背の高い異人が桜子を見上げていた。

一瞬、桜子と異人は凝視し合った。

(上海丸には異人も乗っているのか)

と桜子が漠然と考えたときには異人の姿は消えていた。

（わたしは夢を見たのだろうか）

と桜子は呆然と立ち尽くして、

（船酔いに苛まれているせいだろうか。小龍太さんには言えないな）

と主甲板に行くことなく船室に戻った。

小龍太が船室に戻ってきたとき、ガラス細工のランプが点り、桜子は杏奈から借り受けた筆記具で紙片になにかを認めていた。寝台に入って寝ていたはずの桜子に、

「おや、起きておったか。妙な筆じゃな」

と小龍太が尋ねた。

「愛しの君、この筆はガラスペンというの。インキなる墨に筆先をつけて書くのだけど、慣れると細字も書けて便利よ」

「ほう、ガラスペンとな。で、なにを認めておる」

「この一年、なにが起こったか、わたしどもの行いを書き留めておこうと思ったの。杏奈さんは長崎に着いたら異人の帳面を探してくれるそうよ」

「おお、われらの一変した暮らしぶりを記録致すか。よき思いつきかな」

「お琴に見せると驚くでしょうね」

と寺子屋の娘にして大の仲良しのお琴こと横山琴女の名を口にした。

「いまごろ柳橋界隈では大騒ぎでしょうね。わたしたちの逐電騒ぎ」

「あるいはだれもわれらのことを口にせぬか」

ふたりには全く推量もつかないことだった。

「おお、恭次郎どのから絵図を借りてきた。われらはただ今、この界隈、遠州灘を奔(はし)っておるそうな」

と絵図を広げた。

小龍太が舵場で見た細密な海図と違い、絵心のある水夫が描いた絵地図だったが、ふたりには十分役に立つと思った。

「えっ、こんなところを奔っているの」

「遠州灘の沖合は穏やかで平和な海を意味するパシフコというのだそうだ。絵図にも書いてあろう」

「この大きな海をパシフコというの」

「それがしも初めて聞いたわ。おお、そうじゃ、桜子は花火の音を聞かなかったか」

「波音しか聞こえないわ。だれが外海で花火などするのよ」

「それだ。東海道舞坂宿の海岸かのう、花火が打ち上げられたのよ」

と前置きした小龍太が恭次郎から聞いた話を告げた。

「明日には三河というところの内海に入って荷を積むの」

「そういうことだ」

「長崎の商いって江戸では考えられないほど大掛かりよね。異国と交易するせいかなかなかのものね」

上海丸に乗って初めて知ることばかりだった。

「ところがそなたの知り合いの商人は長崎と交易をしておられるようだ」

「わたしの知り合いってだれなの」

「江ノ浦屋彦左衛門様じゃ。この数日、われらは驚かされることばかりぞ」

「わたし、幼いころから不思議な縁で結ばれている大旦那様のこと、なんでも承知していると思っていたけど、ほとんどなにも知らなかったのね」

「その大旦那のおかげでこうして上海丸に乗っておるわ」

「やはり日々見聞したことを認めておくのは後々有用になるわね」

「だが、江戸に戻った折りにそなたの認めたものがだれぞに迷惑をかけることになると厄介だぞ。江ノ浦屋の大旦那の身分や名は秘したほうがよくはないか」

ふたりは顔を見合わせて、自分たちを江戸から放逐した謎の人物を思った。そして、桜子が、

「そうね、江ノ浦屋の大旦那様は仮の名にするわ」

と承知した。

「恭次郎どのが、われらが船酔いせぬことに驚いておられたが、たとえ船酔いを感じずとも航海は身も心も疲れさせるものだそうな。明日の三河を楽しみに休もうか」

と小龍太は稽古着を脱ぐと杏奈が貸してくれた寝間着に着替えた。

桜子は、やはり異人を見たことは当分小龍太にも内緒にしておこうと考えた。

「わたしももう一度寝直すわ」

と桜子も寝間着に着替えて自分の寝台に腰を下ろすと、もうひとつの寝台に潜り込んだ小龍太を見た。

「小龍太さん、わたしたちどうなるの」

幾たびもふたりの間で繰り返された問いを桜子が発した。

沈黙の間があって、

「われら、さだめに従い、すべてを楽しむのではなかったか」

「それでいいのよね、愛しの君」

「いつの日か、この旅を思い出して懐かしく思える日が来るのではないか。いいこともあろう、悪しきこともわれらふたりに降りかかろう。だが、ふたりが力を合わせれば必ずや『父と母は、若き日に思いがけなくも得難い旅を経験した』とわれらの子に話ができるようになろう」

「なんと、小龍太さんはさような先のことまで考えているの」

「ああ、それゆえそなたは日々の出来事を認めよ」

「そうします」

とランプを消そうとした桜子が、

「小龍太さん、傍らに寝かせて、安心して眠りたいの」

と願った。

小龍太はなにか言いかけたが、寝台の夜具を持ち上げると桜子を招き入れた。

桜子は小龍太の顔を見ないようにしてひとり用の寝台に横たわった。ふたりの間にはわずかな隙間（すきま）があった。

「桜子、床に転げ落ちぬか」

「大丈夫と思う」

と答えた桜子の背に手を差し入れた小龍太が恐る恐る自分のほうへと引き寄せた。

「ああ」

と驚きの声を漏らした桜子に、

「道場での稽古中にふたりの体が絡み合ったと思え」

と言った小龍太だが声が震えていた。

「道場とはちがうわ」

と桜子が発した囁き声もいつもと違って小龍太には聞こえた。

「ああ、ちがうな。われらのさだめじゃ」

「小龍太さんとわたし、ふたりのさだめなの」

「おお」

小龍太の返答にしばし無言をつらぬいた桜子が、

「しっかりとわたしの体を抱いて」

と願った。

小龍太はもはやなにも口にすることなく、ひょろっぺ桜子の体をしっかりと抱きしめた。

「桜子、そなたの体は柔かいな」

「小龍太さんの体はあたたかいわ」

「最前まで抜き打ちの稽古をしていたでな。汗を掻いたかもしれん」

「ちがうわ、汗なんかじゃない。小龍太さんのぬくもりよ」

「桜子の体がなんともいい。女子の体はこんなに柔らかなものか」

「わたしたち、十年もの間、棒術の稽古で体をぶつけあってきたのに、こんなこと初めてよね」

「ああ、初めてじゃ」

「朝までこうやって抱き合っていたい」

「おお、それがしの腕のなかでぐっすりと休め」

「そうする」

と桜子が小龍太の胸に顔を寄せて両眼を閉じたが、顔を上げて小龍太を見た。

ふたりは間近で見合った。

「小龍太様、わたしが好き」

「ああ、好きじゃ。さだめがわれらふたりをこうして近づけてくれた」

桜子が自分の顔を小龍太の顔に寄せて唇をつけようとした、だが迷ったか動きを止めた。それを見た小龍太が桜子の唇に自分の唇を重ねた。
ふたりにとって初めての夜が更けていこうとしていた。
もはや上海丸の揺れも波や帆の音もふたりの耳から掻き消えていた。その夜、
桜子は異人の夢を見た。

二

未明、長崎会所の交易帆船は三檣に張られた巨大な帆布を調節しながらゆっくりとした船足で遠州灘の西、巨岩が点在して見える伊良湖岬に沿って航海していた。

小龍太と桜子が目覚めたとき、上海丸はすでに乗組みの総員が起きて三河の内海に入る仕度をしている気配が船室まで伝わってきた。

「わたしたち、寝坊したわ」

と桜子が恥ずかしげに呟いた。

「ああ、寝坊したな。だが、慌ただしい物音を聞いておると今朝は棒術の稽古どころではなさそうじゃぞ」

ふたつの体をひとつの寝台に抱き合って眠り、未だ両腕を桜子の体に絡めているのを解くと、小龍太は慌てて桜子の顔を見た。

ランプの灯りで桜子の顔が紅潮しているのが分かった。

「桜子、長屋に住まう夫婦は毎日かように抱き合って眠るのであろうな」

「わたし、知らない。だっておっ母(か)さんはわたしが三つの折り、家出したんだもの」

「そうだったな。互いに好き合った男女でも別れることがある。桜子、そなた、それがしが嫌いになったら、そなたの母御のように出ていくか」

桜子が小龍太の体にひしとすがり、

「わたし、決しておっ母さんの真似はしない。小龍太さんとともに死ぬ時まで暮らすわ。小龍太さんはわたしより好きな女ができたら別れるの」

「考えられないな。われらふたり共白髪(ともしらが)まで暮らしてまいろう」

と言いながら桜子の体をふたたび抱き、

「われらさだめに生きる」

と言い切った。

「はい、わたしたちの生涯はたったいま始まったばかりですものね」

「いかにもさよう」

と返事をした小龍太が桜子の顔に触れると、さっと寝台から床に立って着替えを始めた。

桜子もふたりが抱き合って寝た寝台をいとおしげに見ながら、

（抱き合って寝ることが男女の行いかしら）

と思った。

だが、ふたりのこの一夜は初夜とは違うような気がした。幼いころからお琴と密やかに幾たびとなく話し合ってきたことだ。それも十二、三歳になるとお互い話題を避けるようになり、そして不意にかような夜を迎えたのだ。

（いいわ。わたしたちにはこれから長い生涯があるもの。ゆっくりと小龍太さんとの暮らしをつくっていけばいい）

と思いながら寝台を離れた。

主甲板に出てみると上海丸はゆっくりと伊良湖瀬戸に入っていこうとしていた。高い帆柱には水夫たちが乗って縮帆を始めていた。帆柱の頂で作業する水夫たちの姿は豆粒のようで、波に揉まれ、風にさらされながらも平然と仕事を続けていた。

そんな縮帆の指揮をとるのは舵場だった。カピタン・リュウジロは無言だったが、副カピタンの亥吉が異人語らしき言葉を発し、水夫頭の五郎次へ伝え、その言葉を復唱した五郎次が主甲板のあちらこちらで操船に携わる水夫たちに素早く命じていた。

ふたりは主甲板に佇んで、縮帆を無言で見守るカピタンこそが大きな上海丸を操っているのだと実感した。そのせいだろうか。桜子にはこれまで見てきたカピタンの体がより一層大きく見えた。

「驚いたわ」

「おお、カピタンの無言の指図のもと上海丸は外海から狭い瀬戸を抜けて、三河の内海に入っていこうとしているのか。四十数人が心をひとつにしてこの上海丸を動かしておるぞ。かようなことは柳橋界隈の船宿では見ることはなかったな」

「人や物を乗せて大川や堀を運ぶ川船と外海航海の上海丸とは比べようもないわ。江ノ浦屋の大旦那様がわたしたちをこの船に乗せてくれたことをどんなに感謝してもし足りないわ。小龍太さん、わたしたち、世間をなにも知らなかったのね」

桜子の言葉に小龍太はしばらく黙り込んでいたが、

「この旅がわれらの生き方を変えるのであろうか」

と自問した。

「神奈川湊からこの帆船に乗ってまだ四日目なのよ。長崎に行ったらわたしたちどうなるのかしら」

「分からん」

と小龍太が答えたとき、杏奈がふたりの傍らにきて、

「おはよう。どうしたの、いつものふたりではないようね」

「びっくりしているの。上海丸が港に停まる作業は大変なことなのね」

「ああ、そのこと。なかなかのものでしょ。上海丸に乗って停船作業を見聞するのはだれでもできることじゃないものね。そう、大きな船が動きを止めるのは大変なことなの、四十人余の男たちが一糸乱れぬ仕事をしなければ、この伊良湖瀬戸だって抜けられないわ。ほら、瀬戸の南が伊勢(いせ)、北側が三河の国よ、もっとも海の上には国境(くにざかい)の目印なんてないけど」

と説(と)いた杏奈は笑った。

「われらが眠っている間にも上海丸はこの大きな体を動かして進んでいく。数日前までそれがし、努々(ゆめゆめ)考えなかったことだ。なにやら上海丸の航海に比べたら、われらの暮らしはちっぽけだったな」

「あらあら小龍太さん、棒術の先生がそんなことをいうの」

「あなた方ふたりならばどのようなことでも慣れるたい。間違いなかとよ、杏奈の言葉をよう覚えときんしゃい」

杏奈が長崎訛りと思しき言葉でふたりに言い聞かせた。

「そうかな、わたし、自信ないわ。長崎に行ったらどうなるかしら」

「桜子さんまでそんなことを言うの。おふたりさんをこの上海丸に送り込んでこられたのは江ノ浦屋の大旦那様よ。カピタンもね、こんなことは初めてだと言ったわ。『あの両人、この航海をきっかけにさらに一段と大きな人物になる、江ノ浦屋の大旦那の判断に間違いはなか』と言ったのよ。私の父はなかなか人を褒めないのだけどね」

と言い添えた。

すでに上海丸は三河の内海に入り、縮帆された帆船はゆっくりと進んでいた。

「杏奈どの、三河というてもそれがし、なにも浮かばん。どこの港で荷積み致すのかな」

「三河国吉田藩の領地の沖合に停まるはずよ」

「三河の吉田藩でござるか。ううーん、大名はどなたであったかな」

小龍太は直参旗本の息子だ。そのうえ公儀の子弟に棒術を教えていることもあって、およそ大名家の藩主の名くらい諳(そら)んじていた。だが、この数日間の激変に頭が働かなくなっていた。

「知恵伊豆(ちえいず)と呼ばれた松平信綱(まつだいらのぶつな)様の末裔(まつえい)、譜代(ふだい)大名にして老中の松平伊豆守信明(いずのかみのぶあきら)様よ」

小龍太の問いに杏奈はあっさりと答えた。

「おお、われら、老中松平様の国許(くにもと)に立ち寄るか。で、ここでなんぞ交易をするのかな」

しばし間を置いた杏奈が、

「大筒四門を船に残してあとの四門を吉田藩に売り渡すことになると思うわ」

と平然と答えた。前々からの交渉があってのことか。

「老中に大筒を売られるか」

「異国の軍船などがしばしば姿を見せるでしょ。そこで吉田藩でも海岸に守りのために大筒を据えられるのだと思う」

小龍太は思い出していた。

寛政(かんせい)五年（一七九三）四月、豆州相州の沿岸を視察した老中松平定信(まつだいらさだのぶ)は、異国船来航にそなえて海防策を示していた。定信は改革の頓挫(とんざ)もあって辞職したが、公儀の一部には異国の脅威を感じている者もいた。老中松平家が自衛策を講じたとしても不思議はない。

「それにしても長崎会所は老中松平様に大筒を売られるか。大筒とは一門いくらくらいするものかのう」

と思わず小龍太は独白していた。

かような話題にひょろっぺ桜子はついていけなかった。

「一門いくらと金銭が動くとは限らないわね。これは長崎会所と老中松平信明様とがお互い利があると見た『商い』だと思うな。いい、小龍太さん、かような交易は見て見ぬ振りが肝心ね」

と杏奈は念押しした。

しばし沈思した小龍太は、杏奈が小龍太を信頼して告げたことを了解して大きく首肯した。

その日、三河の内海の東海岸吉田藩の沖合に停船した上海丸から四門の大筒が下ろされた。

上海丸はこの夜吉田藩の沖合に停泊し、明日早朝に出船することになった。

　そこで小龍太と桜子は棒術の稽古をした。ふたりにとって棒術の稽古や指導で汗を流すことは平静を保つ術と心得ていたからいつものようにふたり稽古をしていると、最前まで大筒の積み下ろし作業をなしていた二十数人の水夫たちがひとりふたりと主甲板に集まってきた。そこで、水夫たちに稽古をつけることにした。

　この場にはカピタンも杏奈もいなかった。吉田藩松平家の国家老ら重臣三人が上海丸に乗り込んでいて、「交易の精算を為した」ということで、カピタンの船室で宴を繰り広げるとふたりは杏奈から聞かされていた。

　いつの間にか日が暮れかけていた。

　ふと小龍太が目をやると、上海丸から下船しようとしていた吉田藩の重臣ら三人が棒術の稽古を注視していた。杏奈が国家老らにふたりのことを説明していた。

　するとひとりの家臣がつかつかと小龍太に歩み寄って声をかけた。

「そなた、香取流棒術大河内家のお身内かな」

「香取流棒術をご存じですかな」

「薬研堀の道場を承知である。それがし、猪端三郎兵衛、松平家江戸藩邸の用人を務めておる」

と名乗った。

「大河内小龍太にございます。当代の香取流棒術師範は祖父です。それがし、祖父の手伝いをしており申す」

「薬研堀の道場は公儀の子弟を数多（あまた）門弟に抱えておるそうな」

「とは申せ、拝領屋敷の一角の細やかな道場です」

小龍太の言葉に頷いた猪端用人が、

「そなたら、長崎に参るそうじゃな。なんぞ曰くがあって長崎会所の船に乗っておるか」

「猪端様、それがしの傍らに控えし、町人桜子が江戸におることに差しさわりが生じて一年ほど江戸を離れることになり、許婚のそれがしが同行することに相なり申した」

「町人の娘が江戸におることを嫌われたと申すか。娘は何者かな」

「桜子は娘船頭にございます」

「なに、この春以来、幾たびも読売に載って世間を騒がせておる娘船頭ひょろっぺ桜子か」

桜子は上海丸の船上でいきなり相手からひょろっぺ桜子と呼ばれて驚愕（きょうがく）した。

桜子は猪端に軽く会釈した。

「娘船頭にどのような差しさわりがあるというのか」

と独語した猪端は、

「一年後、江戸に戻ってなお厄介が続いておれば、龍の口のわが老中屋敷に訪ねてまいれ。相談に乗れるやもしれん」

「その折りはご老中屋敷をお訪ねします」

と小龍太が答え、

「長崎での月日を楽しんで参れ」

と言い残して吉田藩松平家の重臣三人が下船していった。

杏奈がふたりに歩み寄ったのを機に、

「本日の稽古はここまでにしましょうか」

と小龍太が水夫衆に告げた。

水夫たちがいなくなると、杏奈が、

「おふたりさん、ご覧なさい。老中松平家の重臣が挨拶をなされたわね。あなた方はどこへ行こうと知らぬ顔はしてもらえないのよ。棒術を見て話しかけるなんて猪端様もなかなかの御仁ね」

「杏奈さん、猪端様は桜子の異名のひょろっぺまで承知であったわ」

との小龍太の言葉に、

「わたしのあだ名のひょろっぺは長崎までついてくるの」

「ひょろっぺって背高のっぽということよね」

と杏奈が桜子に質し、桜子が頷くと、

「江戸で女衆が五尺七寸もあるのは珍しいわ」

と背丈を言い当てた。

「なにをやっても母親譲りの背丈だけは隠せません」

「桜子さん、長崎ではその背高のっぽがもて囃されるわ。異人はね、和人に比べて男も女も頭ひとつ以上背が高いですからね、小龍太さんも桜子さんも異人にもてるわよ」

と言い切った。

小龍太が話柄を変えた。

「杏奈さん、最前の猪端用人どのの言葉、どう考えればよかろうか」

「猪端様の主は老中よね、一介の大名ではない。その用人が相談に乗るといわれるのは、あり難いと受け止めるべきね。つまり猪端用人は、ひょろっぺ桜子の差しさわりの相手を察したのだと思わない。となれば、江戸の城中御本丸で老中に敵(かな)う相手は、もはや上様(うえさま)、家斉(いえなり)様一人(いちにん)しかおられないわよ。つまり桜子さんを江戸にいられなくさせた相手は明らかに猪端様よりも地位が下ということよ。こうなれば、小龍太さんも桜子さんもとことん猪端様を利用することよ」

「われら、なにも持っておらぬぞ」

「小龍太さん、なにも金品だけが身代(しんだい)ではないわよ。あなた方の技や知恵が得難い武器なのよ。旅を続ければそのことに気が付くわ」

と言い切った杏奈が、

「私たち、松平家の家老様方と夕餉(ゆうげ)を食したわ。おふたりも食べたでしょうね」

と気にした。

「いや、これからだ。いやはや、桜子もそれがしも上海丸の食い物の美味さに感嘆しておる」

「こんなおいしい食べ物が世間にはあるのかと胃の腑が驚いているわ」

「ご両人、長崎の食い物に最初から馴染んで喜べる和人は少ないわ。その食欲も得難い武器のひとつなのよ。未だお分かりにならないでしょうけど」

と杏奈がふたりには理解できないことを言った。

中層甲板のコンバースの夕餉の献立は清国の料理だった。ふたりが近づいてくるのを見た炊き方の女衆ふたりが熱々の料理を運んでくれた。

「おお、今日は格別に香りがよいな」

「清国の食い物よ、おふたりさん」

　ふたりの前に供されたのはワンタン麵だった。

「江戸にはなかろ。まず食べてみらんね」

　と勧められてふたりは早速水夫たちが食するのを真似てさじで具を掬って食し、

「ああ、美味しい」

「わが国と唐人の国とは付き合いが深いというが、味付けはまるで違う。美味じゃぞ」

　とふたりは夢中でワンタン麵を食した。続いて出てきたのは豆腐料理と鶏炒めで、

「豆腐と鶏がかような味わいになるか」

　香辛料が利いた味付けは絶妙でふたりは言葉を交わす暇などなかった。

　いつの間にか、水夫たちがふたりの食いっぷりを見ていた。

「師匠、よほど腹が減っていたな」

と大力の勇太郎が桜子の食いっぷりに驚いて言った。

「勇太郎さん、毎日食事が楽しみよ。江戸でこんな美味しい食べ物は見たことも聞いたことも食したこともないわ」

「わしらは長崎でも上海でも唐人の食い物を食べておるたい、珍しくなかとよ。それにしても女師匠はよう食うな」

「あまりにも美味しいから止まらないの、長崎ではかような食べ物を食べさせるとこがあるのね」

「おお、いくらもあるたい。ふたりは食い物ばかりで酒は飲まんな」

「それがし、大酒家（たいしゅか）ではないがいくらか飲む。桜子は正月の屠蘇（とそ）くらいか」

「屠蘇じゃと、ありゃ、酒じゃなか。師匠、こん酒を飲んでみんね」

と若い恭次郎が小龍太に褐色（かっしょく）の紹興酒（しょうこうしゅ）を器に入れて運んできた。

「上海丸では酒が供されるか」

「かようにたい、格別の商いをしてくさ、船が碇を下ろしておる夜は酒が許されると」

小龍太は紹興酒に口をつけて、

「ううーん」

と唸り、

「それがし、唐人の酒よりも食い物がよかと」

と水夫らの訛りを真似ていうと、

「おお、長崎んことばを覚えなったな」

と恭次郎が褒めてくれた。

そこへ炒めたごはん、炒飯（チャーハン）がふたりの前に供されて、

「わたしもお酒よりこのおかずと香りのいいごはんがいいわ」

と桜子がさじを手にした。

三

江戸の柳橋の船宿さがみではすっかり奉公人になり切ったヒデとかよ夫婦が川向こうの本所松坂町（ほんじょまつざかちょう）のぼろ長屋とは違った暮らしを過ごしていた。かよは船宿の賄い方の女衆として、ヒデはさがみの船着場の男衆として働くことにも慣れた。屋根船から猪牙舟まで二十艘（そう）もの舟の手入れや掃除を熟（こな）していた。

その日、昼餉の刻限が過ぎたころ、かよが船着場に姿を見せて、

「おまえさん、なにか変わったことない」

「変わったことか、さがみから猪牙舟が出ていき、別の舟が戻ってくる。信じられないほどの出入りよ。だが、変わったことと言ってもな」

江戸の内海、品川沖から佃島沖に停泊する弁才船から荷を下ろして荷船に載せることが仕事だったヒデにとって、猪牙舟や屋根船が出入りするのを見るのは初めてだったが、それももはや慣れていた。

「やっぱり川向こうの暮らしが懐かしいの」

「ばかを抜かせ。かよ、おめえはあの暮らしに戻りたいか」

ヒデの反問にかよは激しく顔を振った。

「地獄と極楽の違いよ。毎日楽しい、けど怖い」

「楽しいけど怖いって、どういうことだ」

「親方に川向こうに戻れって言われたらどうしようと思うの。おまえさんは大川の向こうに戻れる」

「戻れねえな。おれたち、柳橋の暮らしと仕事にしがみついて生きるぞ」

「そういうことよね」

と応じたかよが間をおいて柳橋の向こうの大川を見た。

「ほら、橋の向こうから猪牙が戻ってくるよ。あの猪牙に桜子さんが乗っているといいのにね。おまえさん、寂しかない」

「おお、桜子さんの姿がねえのはなんとも寂しいな」

「どこに行ったのかしら。この江戸にいないのよね」

「そういう噂よ。娘船頭がいないってのが、これほど寂しいとは考えもしなかったぜ。おりゃ、夢でもいい、ひょろっぺ桜子に会いてえや」

「台所の女衆も同じことを考えているわ」

「さがみの船頭衆は口にこそ出さねえが、みなそう思っているぜ。どうしてよ、こうも、ひょろっぺ桜子が恋しいのかね」

と言い合うところへ船宿から猪之助親方が船着場に姿を見せて、持ち舟が出払っていることを無言で確かめた。

「親方、なんぞ用事ですかえ」

「こっちの暮らしに慣れたか」

「へえ、慣れました。でも」

と言いかけたヒデはその先の言葉を喉の奥に押し込んだ。

「どうした。なにが言いてえ」

「いえ、なんでもありませんや」

「おれがおめえの胸のうちを言おうか。ひょろっぺ桜子がいなくて寂しいっていうことじゃねえか」

親方の指摘に頷いたヒデが、

「おれもかよも桜子さんとは長い付き合いじゃねえ。だけどよ、無性に恋しいのさ。どういうことかね、親方」

こんどは親方が黙り込んだ。

「そうか、生まれた折りから桜子さんを承知の親方のほうがわっしらより何百倍も寂しいやね」

とヒデが呟き、かよはこくりと頷いた。

親方はなにも答えず一艘だけ船着場の端に舫われたままの猪牙舟を見た。

「桜子さんの猪牙も毎日掃除しているがよ、娘船頭がいねえことがなんともな」

とヒデが親方の気持ちを代弁するように言った。

「寂しいか」

「おお」

と親方の問いに素直に応じたヒデに、

「船宿の猪牙舟は、動かしてなんぼのもんだ。だがよ、船頭がこの江戸にいないことにはどうしようもねえ」

「おれは一日になんべんも掃除するしか手はねえ」

繰り返されたヒデの言葉を聞いた猪之助親方が、

「ときに猪牙舟も動かさないとな」

「親方、舫い綱を外して猪牙を動かせと言いなさるか。いや、親方が足代わりに使うかえ」

「ヒデ、おれじゃねえ。おめえが桜子の猪牙舟を動かしてみねえ」

「猪牙も喜ぶかね」

「さあてな」

と言った親方が、

「ヒデ、桜子がこの柳橋に戻ってくるまで北町奉行小田切様の鑑札付きの猪牙を使って客を乗せてみねえか」

と言った。

ヒデもかよも親方の言葉を疑った。

「親方、おれが桜子さんの猪牙の櫓を握り、客を乗せろと言いなさるか」

「嫌か、ヒデ」

「嫌もなにもそんなことが許されるのか。お奉行さんは娘船頭に格別に鑑札を授けたんだろ」

「ああ、そうだ。だが、その娘船頭の桜子は江戸にいねえや。一日に何度も掃除するだけで桜子の猪牙舟は無益に船着場に舫いっぱなしだ。船宿の主のおれにゃあ、なんとも虚しくてな。銭が稼ぎてえわけじゃねえ。客を乗せて山谷堀でもいいや、深川の木場でもいいや、櫓の音を響かせるほうが桜子の猪牙も満足しねえか」

「親方、おれに猪牙の櫓を握れと言われるんだな」

とヒデが念押しした。

「おお、二十年も前、桜子の親父の広吉が櫓を下ろした猪牙舟よ。桜子のおっ母さんが男といっしょに長屋をおん出て以来、桜子が艫下に乗って親子で馴染んできた舟でもあらあ。あの親子の息が染みついた猪牙舟だ。おめえは妙な縁でこの柳橋にきやがった。どうだ、やる気はあるのかないのか」

と猪之助親方がヒデを見た。

「おれが船頭頭だった広吉さんと桜子さん親子の猪牙舟の櫓を握っていいんだろ

うか」

と自問するヒデに、

「おまえさん、あたしゃ、桜子さんがこの柳橋に戻ってくるまであの猪牙を扱うのはおまえさんしかいないと思うよ。短い付き合いだけど、あの猪牙は毎日幾たびも掃除してきたんだもの」

とかよは言った。

三人の目が猪牙舟に向けられた。

「弁才船の荷下ろし人足のおれが客を乗せて大川の流れを行き来するか。客が乗ってくれるかね」

「お客がおめえの櫓に安心して乗ってくださるようになるか、中途半端な櫓の扱いのままに終わるか。桜子が戻ってくるまでの勝負だな」

と猪之助が言い切った。

「親方、お願い申します」

とヒデが腰を深々と折って頭を下げ、かよも倣った。

「ならば、客を乗せねえな」

「えっ、客がいるのか」

「おお、最初の客はおれとおまえのかみさんだ。そのふたりの客が、『おれたち、弁才船の荷じゃねえや』と感じるようならば、この話はなしだ」

とさっさと親方が猪牙舟に飛び乗った。

かよは親方に従うべきかどうか迷っていたが、意を決したように舫い綱に手をかけて解きながら、

「おまえさん、舟を出すよ」

と言った。

「合点だ」

とかよが猪牙舟に乗るのを見届けてヒデは艫へと飛んだ。がっしりとしたヒデの体がふわりと艫に下りて竹棹を手にするや、

「お客人、どちらまでお送りしますかえ」

と問うた。

「おお、山谷堀今戸橋際の馴染みの船宿に送ってくんな」

「お客人、承知しましたぜ」

と久しぶりに船尾に北町奉行小田切直年の鑑札をつけた猪牙舟がさがみの船着場を離れた。そんな様子を見ていた女将の小春が、

「お客様、いってらっしゃいまし」

と手を振って見送った。

胴の間に座した猪之助は柳橋の下を潜る舟が神田川の流れに乗って穏やかに進むのを感じていた。

大川の合流部を猪牙舟はうまく乗り切るのか、猪之助の心配をよそにヒデの操る猪牙舟はひと揺れもすることなく大川の上流へと舳先を向けた。ヒデは短い日々のうちに重い荷船と軽快な動きの猪牙舟の違いを学んでいた。親方の猪之助が予想していた以上の進歩だった。

四半刻もせぬうちに「お客」ふたりを乗せた猪牙舟は山谷堀の今戸橋際の船宿一ノ木の船着場に停められた。

「親方、珍しいね。なんぞ用事かえ」

と船宿一ノ木の親方が猪牙舟の胴の間にでーんと座す猪之助を見た。

「おお、親方、こたびよ、新しく雇った船頭のヒデよ。これからもこちらに客を送ってくるかもしれねえや。顔つなぎに寄せてもらった。今後よろしく頼むぜ」

「おお、承知した。名はヒデね。秀吉とか秀三とかちゃんとした名はねえのか」

「親方、わっしは川向こうの深川で生まれ育ちましてね、幼いころからヒデと呼ばれてきましたんで。長年連れ添った名だ。どうかヒデでお付き合い願えませんかえ」

とヒデが言い切り、にやりと笑った一ノ木の親方が承知したと応じた。

「お客人、こんどはどちらに猪牙を向けますな」

ヒデがふたりの客に尋ねた。

「おお、大川を下って佃島まで送ってくんな」

「承知しました」

と舳先を返した猪牙舟はふたたび大川に出ると流れに乗った。

川向こう生まれのヒデは、幼いころから深川の堀で水遊びをし、十四、五歳のころから上方(かみがた)などの荷を運んできた弁才船から重い荷を担ぎ下ろして荷船に積む稼業を続けてきたのだ。そんな経験がいま生きていた。

ふたりの「客」を乗せて大川の流れを舟で下るなど、ヒデには朝飯前かと猪之助は感じ入った。

船宿さがみの主として数多の船頭と付き合ってきた猪之助だが、ヒデの技量と心遣いは、なかなかのものだった。

この日、佃島から沖合に猪牙舟を浮かべたヒデは、

「お客人、わっしの昔の仕事場ですよ。おりゃ、生まれおちたときから陸より水の上の暮らしのほうが長いくらいでさ。ふたりを乗せた猪牙の漕ぎ心地、なんともいいもんだね」

「船頭さん、また荷下ろし人足の仕事に戻りとうございますかな」

「お客人、わっしはね、こたび猪牙舟で人様を送り届ける仕事に転じました。もはや荷下ろし稼業は仕舞いです」

と言い切った。

「ほう、仕舞いましたか」

とヒデの返事を聞いた猪之助親方が、

（十四、五から人足稼業をやってきたにしては、なかなかの言葉を話すな）

と感嘆し、さらに上客の体で、

「で、物を運ぶより人を乗せるほうが宜しゅうございますかな」

「へえ、人様を乗せてこうして世間話なぞしながら猪牙を漕ぐ、いいもんですねえ。わっし、天職に出合ったのかね」

「ほうほう、猪牙船頭は天職ですかな」

「へえ、どなた様かが江戸に戻ってこられるまで頑張りますぜ」

とヒデが気遣いをみせて言い切り、猪之助は、

（めっけもんの船頭）

だと感じていた。


三河の内海の吉田藩松平家の領地の沖合では、上海丸が帆を畳み、碇を下ろして停泊していた。昨夜、遠州灘で若い水夫の恭次郎がカピタンから聞いたのは、紀伊沖あたりで波が変わるという話だったが、異人の航海道具を使って測った予測があたったようだ。

深夜、九つ半（午前一時）時分から風雨が上海丸を襲った。ただちに水夫衆が上海丸の水密甲板や船倉を点検した。

舵場も水夫たちも三組交代で激しい風雨を見守っていた。

小龍太と桜子は、杏奈になにか手伝うことはないかと質したが、

「停泊を余儀なくされた帆船はどうにもこうにも手が出せませんよ。風雨が収まるのを待つだけですね。この雨と風、二日は続くと予想されています」

「どうしたらそんなことが分かるのかしら」

「桜子さん、ジェノバ人と称されるコロンという航海家がヨーロッパから和国の

外海パシフコと同じような大海大西洋(アトランチコ)を越えて上海丸より小さな三隻(せき)の帆船でアメリカを見つけたのが三百年も前のことよ。

西の果てに大きな陸があるなんて、その当時のヨーロッパ人は知らなかったの。さらにアメリカの西に私たちがいま航海してきた広大な外海パシフコがあることを見つけたのもヨーロッパの軍船だった。

いい、三百年も前からヨーロッパの船乗りは大きな海を上海丸より小さな帆船で航海していたの。日和見(ひよりみ)するのも船乗りの大事な知恵と技だったのよ」

桜子も小龍太も杏奈の言葉の半分も分からなかった。

「われら、いまも江戸の内海の向こうにアメリカなる国があることが信じられん。ヨーロッパの人々は承知なのか」

「はい、長崎人も多くの人が私たちの立つ大地が丸く、だから船でパシフコを東に進めばアメリカ国に着き、さらにアトランチコの大海を越えればヨーロッパに着くことを承知よ。さらに天竺の海を東に進めば、和国が接するパシフコに戻ってくるわ」

桜子にはいよいよ理解がつかなかった。

「いいわ、私の部屋にお出でなさい」

とふたりを誘った杏奈が狭いながらも若い娘らしい飾りつけの部屋に案内した。ランプを点した杏奈が絵図らしきものが描き込まれた丸い球を見せた。

「地球儀というの。もともと長崎と関わりが深いオランダ国で造られたものよ。これはオランダ商館のお偉いさんのものを真似て長崎の職人が作ってくれたの。いい、ここを見て、この小さな島の集まりが私たちの国よ。この東に広がるパシフコなる大海原の先にアメリカ国があるの」

「それがしには理解がつかぬ」

「わたしたちの国ってこんなに小さいの」

ふたりは呆然として地球儀に見入っていた。

「おふたりに地球儀を風雨の間、お貸しするわ。和国日本がどんなところにあるか、長崎の出島に住むオランダ人がいかにして長崎にくるか、この地球儀は両手で抱えることができるけど、長崎とオランダの間は上海丸より大きな帆船で半年以上もかかるほど遠いの。いい、私が大事な国をおふたりに教えておくね」

と杏奈が地球儀を使い、唐人国の清国やアメリカ大陸やヨーロッパ大陸、天竺と呼ばれるインド国を、そして最後に和国日本の位置を繰り返し教えてくれた。

四

上海丸は、紀伊尾鷲(おわせ)の沖合を、南端に位置する潮岬(しおのみさき)を目指して最大船足で帆走していた。

激しい風雨のせいで丸々二日、三河の吉田藩領前の海で船泊まりとなっていた。ために風雨が落ち着いた未明、上海丸は碇を上げ、三檣に半分ほど帆を張り、内海を抜けた。

大王崎(だいおうざき)から外海パシフコに出た上海丸は、全帆を広げて最大船足で南西に奔った。

激しい風雨は鎮まったとはいえ、パシフコの海面は大きく揺れていた。そんななか上海丸の指揮所である舵場にはカピタン・リュウジロ以下各持ち場の頭が姿を見せ、水夫たち全員を的確に動かして全速帆走を保っていた。

小龍太と桜子が棒術の稽古を水夫たちにつける暇はなかった。主甲板は大きく左右に揺れているのだ、ふたりが打ち合い稽古を行うのも憚(はばか)られた。そこでふたりは船室のなかで杏奈から借りた地球儀を見ながら丸い世界に散らばる主な国々を何度もふたりして言い合い、記憶を確かめ合った。これまで船酔いになんとか耐えていたふたりだったが、地球の模型を凝視していると気分が悪くなった。

「胸がむかむかするわ。主甲板に出て風に当たらない」

「おお、それがしもそんな気分じゃ」

と船室を出たふたりは主甲板下の上層甲板から人声がするのを聞いて、そちらに向かった。

すると上海丸に備え付けられていた残りの四門を砲撃の長を兼ねた副カピタンの亥吉が指揮して、砲撃の仕度をしていた。

右舷左舷に二門ずつ四門というのが上海丸のいまの砲備であった。船体に切り込まれた狭間（さま）（砲門）に大砲が固定され、火薬や弾丸が傍らに用意されていた。

ふたりが神奈川湊の沖合から上海丸に乗船して以来、初めて見る砲撃準備だ。

「どう、地球のことが分かった」

ふいに声がして左舷側、パシフコ側の大砲の前にいた杏奈が歩み寄ってきた。

「和国が小さな島々からなり、パシフコの西側に盾（たて）のように立っていることはなんとか飲み込んだわ。でも未だ信じられない」

と桜子が答え、

「本物の地球を上海丸より大きな帆船で一周するには一年がかりかな」

「小龍太さん、その程度はかかるでしょうね」

と応じた杏奈に、

「砲撃の稽古にござるか」

と小龍太が質した。

「まあ、そんなものだと思って。おふたりの棒術稽古と同じよ」

杏奈の返答にはなにか含みがあった。

「なんぞ曰くがあるかな」

との小龍太の重ねての問いに、

「真偽はなんともいえないけど、三河の内海に停泊を余儀なくされている折りに、鳥羽（とば）の漁師からの情報（はなし）がもたらされたの。紀伊沖に海賊船が出没して荷を積んだ船を襲っていると。上方から江戸に向かう弁才船が襲われて、水夫たちが何人か殺されて積み荷が奪われたというのよ。海賊船には唐人が乗っていたとかイスパニア人が指図していたとか諸説あるの。漁師同士の噂話の類（たぐい）かどうか判断つかない。この荒れ模様の海ゆえ、海賊船も上海丸の行く手に現れないとは思うけど、積み荷を守るための仕度を一応しているところよ」

杏奈が四門の大砲の周りに水夫たちが集まっている理由を告げた。

「杏奈さん、海賊船も大筒を積んでいるの」

「積んでいると見たほうがいいわね、むろん鉄砲も携えているでしょ。ただしこの海賊話が仮に真実だとしてよ」

ふたりは上海丸にもある剣付き鉄砲を思い出した。

「なんとわれら、海賊船と大筒を撃ち合うか」

と小龍太が四門の大砲の仕度をほぼ終えた上層甲板を見廻した。

「杏奈さん、この上海丸には大筒用の小窓が片側に七つか八つ並んでいない。左右合わせて十いくつかあるわね」

「あら、桜子さんはすぐにでも上海丸の水夫になれそうね。そう、上海丸は主甲板を含めて十四門の大筒を据え付けることができるわけ。ただし、一門の大筒に四人から五人の人手がいるの。十四門の大筒すべてに人を配したとしたら、上海丸の水夫たちでは当然足りないわね。六十人の人手がいるもの。軍船ではない交易帆船上海丸としてはせいぜい六門分しか人手を割けない。それでも操船には不足が出てくるわ。まあ、四門が精一杯ね。できることならばパシフコ側の左舷に海賊船を捉えたい。大筒を撃ち合うような戦いになった場合、右舷と左舷の両側から同時に撃つような真似は、格別の軍船ならともかく、海賊船にもこの上海丸にも難しいことだから。私たちにとって大筒は交易の品なの。過日、長崎を出た折りは、二十四門の大筒を積んでいた。二十門は火薬と弾丸をつけて売り払い、この四門だけが残された。つまりこの四門の大筒は商いの見本を兼ねた守りのための武器というわけ」

杏奈が交易帆船に突然乗り組んだふたりに丁寧に説明してくれた。

ふたりは改めて大砲を見つめた。

「われらがなんぞ手伝えることがござろうか」

「そうね、大筒は正直こけおどし、なかなか当たらないのよ。海賊船と上海丸が舷側をくっつけて斬り合いになったときはおふたりの手をお借りするわ。まあ、そんなことって滅多にないと思うけど」

杏奈は平然として言い添えた。

「ならばわれらも戦いの仕度をしておこうか」

とふたりは船室に戻りかけ、

「桜子、主甲板の様子を見てみぬか」

「いいわ」

と言い合って主甲板に出た。

風と雨が上海丸の主甲板を揉みしだくように見舞っていた。昨日までの内海の風雨も激しいものだったが、外海のそれは明らかに違っていた。規模においてパシフコの風雨はより強かった。

風に煽られた大波が舵場にも襲いかかっていた。

「カピタン、杏奈さんに聞き申した。なんぞ手伝うことがござろうか」

「海賊話かな」

「いかにもさよう」

「あの話、七分三分でな、三分がわれらの前に海賊船が立ち塞がる見込みかな。いや、もっと低かろう。二分か一分か、その程度よ」

と言い切った。

「だが、一分にしろ海賊船に襲われる見込みがあるなら、われらはそれなりの仕度をせねばならぬ。高価な品々を積んでおるでな、嵐にしろ海賊にしろ、黙って差し出すような真似はしたくないでな」

と言ったカピタンが、

「わしとしてはふたりの本気の香取流棒術を見てみたいと思うておるがな」

「カピタン、稽古や水夫衆への教えでわれらの力はすべて出し切っておるぞ。あれ以上の技も力もないわ」

「そう聞いておきましょうかな」

ふたりは船室に戻った。わずかな間、主甲板にいただけで稽古着も下着もびっしょりと濡れていた。

「着替えるか」

「普段着に着替えて稽古着は船室に干しておくわ」

と桜子が洗面室に着替えに行った。

船室の扉が叩かれると杏奈が両手にたくさんの衣類を抱えて立っていた。

「主甲板にいたんですって、びしょぬれじゃない。水夫の仕事着に着替えて、この次主甲板に出る時は、異人のカッパを着てごらんなさい」

「それは袖合羽(そでがっぱ)とは違うものか」

「もともとはポルトガルとかイスパニアの言葉のカパが合羽に変じたものなの。動き易いし、雨も通さないわよ」

と小龍太に渡した。

「あり難い。稽古着が濡れてどうしようかと思っていたところだ。桜子に渡してこよう」

「桜子さんも小龍太さんも和人にしては背が高いから異人用のカッパが似合うはずよ」

と言い残して杏奈が消えた。

ふたりは水夫の仕事着の上にカッパを着ると、

「桜子、よう似合(にお)うておるぞ」

「小龍太さんも一端(いっぱし)の異人さんね」

と言い合った。主甲板から鼓笛(こてき)の甲高(かんだか)い音が響き、それに重ねて、

「海賊船襲来、総員海戦の準備！」

との命が伝わってきた。

「カピタンは海賊船が襲う見込みは、二分か一分と申されたが、どうやら現れたようだぞ」

「いいわ、海賊というのがどの程度のものか、ひょろっぺ桜子が拝見しましょう」

と合羽に六尺棒を携え、桜子の戦仕度は整った。

「われら、上海丸での初陣じゃな」

と言いながら小龍太がカッパの下に祖父の持ち物、相州伝無銘の豪剣二尺五寸三分を差し落として、桜子同様に六尺棒を携えると主甲板へと階子(はしご)を上った。

上海丸の左舷側の一丁先に黒い船体の帆船が、舳先をこちらに向けて進んでくるのが見えた。

海賊船に大筒があるのかないのか、ふたりには見当もつかなかった。

小龍太と桜子は左舷側に陣取り、小龍太が舵場のカピタンに向けて言い放った。

「カピタン、滅多になき海賊船の襲来ですな」

「ご両人、お頼み申しますぞ」

と応じたカピタンの声音(こわね)は平静だった。

桜子は六尺棒を携えて舷側にしゃがみ、

(上海丸の大筒はどうしたのかしら)

と考えていた。

すでに海賊船の舳先は上海丸まで半丁と迫っていた。ようやく砲門が開く音が波音の間から聞こえた。

その直後、海賊船の船首が風雨の虚空にせり上がり、同時に、

ドーン

と腹に響く砲声がして上海丸から砲弾が飛び出していった。

砲弾は海賊船の舳先をかすめて落水し、海賊船は波に煽られたか、横向きになった。その直後、新たな砲声とともに上海丸の二弾目の砲弾が飛び出し、横向きになった海賊船の横っ腹に大穴を造った。

桜子は、杏奈は、

（大砲はなかなか当たらない）

と言ったではないかと考えていた。

海賊船は唐人船か、まるで船の造りが上海丸とは異なっていた。ともあれ相手は委細かまわない強引な操船で上海丸に迫ってきた。

海賊船は最初から自分たちの船を犠牲にしても上海丸に乗り込むつもりだ、と小龍太は推量した。

その企て（くわだ）のせいか上海丸の水夫たちの何倍もの手下を乗せていた。異人たちは剣付きの鉄砲や剣を持ち、片手に短筒（たんづつ）を構えている者もいた。一方、上海丸は操船と大砲に人手を割かれて主甲板に水夫の姿は見えなかった。

小龍太と桜子は舷側にしゃがんで海賊たちの視線を避け、船が横付けされる瞬間をひたすら待った。

六尺棒では離れた海賊船を相手に戦うことはいかんともし難かった。

海賊船は手下たちが上海丸に飛び移るのを助けるためか、上海丸の舵場を狙って鉄砲で射撃してきていた。

舵場は海賊船の話を聞いたのち、腰のあたりまで厚板で壁を防御してあった。その厚板に開けられた孔から鉄砲を突き出して応射していた。ただひとり、カピタン・リュウジロは泰然とした姿で立っていた。

小龍太は不慣れで動きにくいカッパを脱ぎ捨てると、上海丸に横付けしようとする海賊船が数間に迫った気配にゆっくりと立ち上がった。

主甲板は無人と考えていたか、異国語で驚いたような言葉が飛び交った。立ち上がった小龍太に向かって海賊たちが飛びかかってこようとした。

小龍太の六尺棒が虚空に浮かぶ海賊たちの腰を叩き、胸を突いて船と船の間の海上に次々に落水させた。さらに桜子も加わり、二隻の船の間を飛び越えようとする海賊を叩きのめし、突きまくって海へと転落させた。

両人の獅子奮迅の棒術に海賊の頭分が新たな命を発した。

海賊船からいくつもの梯子が突き出されて、一気に数多の男たちが上海丸へ飛び移ろうとした。

その瞬間だ。

主甲板下の大砲が次なる砲弾を装弾したか、二門の大砲が同時に火を吹き、近接していた海賊船の横腹に大きな衝撃を与えた。ために海賊船は大きく傾き、梯子とともに大勢の海賊が悲鳴を上げながら海に落下していった。それでも何人かの海賊は上海丸の主甲板に転がり込んできた。

六尺棒を構え直した小龍太に青龍刀（せいりゅうとう）を構えた唐人と思しき海賊が斬りかかってきた。だが、小龍太の六尺棒が変幻自在に動いて海賊の胸を突き、さらに斬りかかってきたふたり目を叩き伏せていた。

桜子には細長い剣を手にした長身の南蛮人（なんばんじん）が襲いかかったが、香取流棒術の技が巧みに発揮されて舷側から海へと突き落としていた。

残ったふたりが背に負ってきた包みを手に持ち、火を点（つ）けた。それを見た小龍太はふたりを六尺棒で叩きのめした。一方、桜子は咄嗟（とっさ）に火のついた包みを拾い、もうひとつは足先で蹴り飛ばして、ふたつの包みを海へと落とした。

直後、海面からドドーンという爆発音がした。桜子はそれがなんの音か分からなかった。

不意に始まった海戦は突然終わった。

交易帆船の積み荷を船ごと強奪しようとする海賊船の戦術は、船どうしをぎりぎりまで接近させて手下を乗り移らせるというものだった。その結果、近接した上海丸からの二度にわたる砲撃が海賊船に痛手を与えて海戦を制したといえる。

上海丸は紀伊の沖に沈没しかけた海賊船を置き去りにして潮岬沖を四国の室戸岬に向かって帆走していく。

「カピタン、客人のご両人の働きを見たわね。たったふたりで数多の海賊どもを海に叩き落としたわ」

杏奈の声が不意に主甲板に響いた。

「いかにもいかにも。主甲板上で火薬の包みに火をつけられては、こたびの交易は大損害であったぞ」

と応じたカピタンが、

「桜子さんや、ようも爆薬と分かったな。大手柄じゃぞ。積み荷に火が入るのがいちばん怖いでな」

と桜子の勇気ある行動を褒めた。

「はあ、わたしが海に投げ込んだのは爆薬というものでしたか」

「おや、爆薬とも知らずして海に捨てられたか」

「われらふたりともあのようなものにお目にかかるのは初めてです」

と小龍太も言い添え、

「よかよか、おふたりさん。長崎に着いたらくさ、長崎会所から褒美(ほうび)が出ようたい。楽しみにしておりんさい」

とカピタンが言い、そこへ大砲の操作のために上層甲板にいた水夫たちが姿を見せて、

「カピタン、海賊どもはどげんしたな」

「なに、海賊どもがおったか」

とカピタンが惚(とぼ)けて、

「そなたらが身動きつかなくした海賊船の残党どもは、棒術のふたりが始末されたわ」

「おお、わが女師匠はやりおるな」

と大力の勇太郎が桜子をいきなり抱え上げると主甲板をひと廻りした。すると水夫たちもその列に加わり、勝利の練り歩きがいつまでも続いた。

舵場に上がった小龍太が、

「肥前長崎へ行くのが楽しみになり申した」

「なによりなにより」

といつもは強面（こわもて）のカピタンがにこやかに応じた。

「カピタン、長崎にはいつ到着するのであろうか」

そうやな、と西空を見ていたカピタンが、

「五日後の昼には大河内小龍太様と桜子さんのご両人を乗せた上海丸は長崎の内海に入津（にゅうしん）しとりますと。間違いなかろ」

と言い切った。


江戸は紀伊の沖とは違い、晴天が続いていた。

薬研堀の大河内家の敷地内の香取流棒術道場では朝稽古が終わり、道場主の大河内立秋老は鶏が遊ぶ細やかな畑を眺めながら縁側に座していた。

足元には飼い犬のヤゲンが所在なげにいた。

「おまえも小龍太と桜子がおらんのはつまらんか」

と問うた立秋は煙草盆（たばこぼん）を引き寄せ、煙管（きせる）に刻みを詰めて火をつけると、ゆっくりと一服した。

ふと立秋老は胸騒ぎを覚えた。

(あのふたり、危険に見舞われておるか)

と思いながら、

(肥前長崎がどのようなところか知らぬが無事に辿り着けるとよいがな)

と懸念した。

ふたりが長崎会所の所有する帆船に乗って肥前長崎に向かったと立秋老に告げたのは江ノ浦屋彦左衛門であった。

煙管から煙が静かに立ち昇っていたが、立秋は二服目を吸おうとはしなかった。

時が静かに流れていく。

いつの間に煙管の刻みは燃え尽きていた。

(どうやら危機は脱したか)

と直感した老人は、

(小龍太が長崎から江戸に戻ってきた折りに桜子と祝言を挙げさせ、棒術道場を若いふたりに任せよう)

と考えた。

ヤゲンが老人を見て、

(それがいい)

という顔をした。

第三章　文届く

一

一隻の三檣帆船が肥前長崎の内海に入っていこうとしていた。長崎会所の上海丸だ。

和国にあって長崎の存在はほかの都市と異なっていた。それは特異といってよかった。長崎を長崎たらしめるきっかけを作ったのは、南蛮諸国ポルトガルやイスパニア王国だった。

十五世紀末のことだ。

この南蛮王国は巨大なユーラシア大陸の西端にあっていち早く大海原に進出し、そのおかげで世界の海洋と大陸が交易によって結ばれたのだ。この二国に続いてイギリス、フランスとヨーロッパ諸国が勢力を競い合い、アフリカやアジアにおいて自国の拠点を拡大していった。

天文十二年（一五四三）、種子島に漂着した一隻の唐人船にふたりのポルトガル人が乗船していた。この唐人船とポルトガル人が和国に鉄砲をもたらし、和国とヨーロッパとは初めて関わりを持った。

種子島唐人船到来より七年後のことだ。ポルトガル船が平戸に入津した。このポルトガル船は、横瀬浦、福田、口之津と来航する場所を変えて交易に励むことになる。

この当時の長崎は長崎とは呼ばれず、名もなきいくつかの貧村の集まりであった。

元亀元年（一五七〇）、戦国のキリシタン大名大村純忠によって、島原町、大村町、平戸町、外浦町、横瀬浦町、文知町の六つの町が造られ、交易都市長崎が誕生する。

かくてポルトガル交易船が毎年のように長崎に来港することになる。さらにポルトガル船ばかりでなく唐人の国明国や和国の朱印船の寄港地として長崎は急速に発展した。

大村純忠は最初の六か町と茂木をイエズス会に寄進し、これらの町々はキリスト教布教の拠点になっていく。

一方、慶長三年（一五九八）、オランダ国ロッテルダムを出港したデ・リーフデ号がマゼラン海峡を経て和国日本に漂着し、日本とオランダの交易が始まった。戦国の世を統一し徳川幕府の礎を築いた徳川家康は、当初はキリスト教を許していたが、のちに布教を禁じて弾圧、宣教師や信徒らをマカオとマニラに追放する。さらに元和二年（一六一六）になると、唐船をはぶく外国船の交易港を長崎と平戸に限定する。

幕府は長崎の有力町人二十五人の出資によって中島川の河口に人工の島を造らせた。

寛永十三年（一六三六）七月に完成した小さな人工島は「出島」と呼ばれることになる。

出島完成の年に入港した四隻のポルトガル船の乗組み員が出島の住人に加えられた。しかし、後に幕府はポルトガル船の来航を禁止し、出島は一時、無人となる。

大きなきっかけは寛永十四年に島原の乱が発生し、江戸幕府がキリスト教への警戒を一段と強めたことだ。公儀は、キリスト教の布教を厳しく禁じ、日本人との接触を断つためにポルトガル人を追放することにした。さらに寛永十八年には平戸のオランダ商館が長崎の出島に移され、かくて出島は日本とオランダ交易の拠点として二百年余にわたり続くことになる。

上海丸は東西を陸地で守られ、北へと奥深く伸びた入江を長崎港へとゆっくり進み、オランダ国旗がはためく出島の沖合に碇を入れて停泊した。

上海丸の入港に異国船と思しき大きな帆船から異国の言葉で声がかけられ、なにやら楽器を奏して歓迎する異国帆船もいた。

小龍太と桜子はあちらこちらに停まる異国帆船を無言で眺めていた。上海丸の船体の倍もある帆船もあった。帆船から長崎の町並みに視線を転じた桜子が不意に感じたのは食べ物のにおいだった。江戸では感じたことのない油を使った料理のにおいが港じゅうに漂っていた。

「ここが長崎なの」

「おお、突き当たりは河口だな。となるとこの地が長崎の港であろう」

とふたりは言い合った。

神奈川沖からの船旅は長くも短くも小龍太には感じられた。実際、三河の内海に停船していた二日をはぶくと九日で江戸から到着したのではないか。

「西国大名は参勤交代の片道に四十日も五十日もかかると聞いたことがある。それを上海丸は十日余りで長崎に到着したのだ。それがしには真とは思えぬ」

「えっ、わたしたちの船旅、そんな日数だったの」

と小龍太も桜子も経験した船旅を信じられないでいた。

「桜子さん、小龍太さん、長崎にようこそ」

という杏奈の声がした。

「わたしたち、長崎にいるのよね」

「前に見える築島が出島よ。オランダ人はあの小さな島で暮らしているの」

と杏奈が答えた。

「えっ、長崎の町中の屋敷ではないの、なにか曰くがあるの」

「江戸の人間には感じられないかもしれないけど、和国はいまも鎖国策を取っているのよ」

「カピタンから聞いた気がするけど、よく分からなかったわ」

「公儀は異国の人と接することを禁じているの、でも、この長崎を通してオランダ人と、ほら、あちらに唐人屋敷が見えるでしょう、清国の二国とだけは付き合うことにしているわ、それもあれこれと厳しい枷をはめたうえでよ。オランダ人にとってはあの出島が交易の場であり、住まいなの」

「だって交易をする間柄でしょ、信頼している相手でしょ。どうして好きにさせないの」

「長崎では好き勝手な商いはできないの。そもそもなぜ、ポルトガルが交易相手から外されたのか、その理由が肝要なのよ。キリシタンの布教はこの長崎でも断じて許されない。こんな話、おふたりには分からないかしら」

「江戸では異人の姿を見ることなどないからな。われら、異国のことを知らずして生きてきた」

「小龍太さん、桜子さん、まず日本国は異国と勝手に付き合うこととキリシタンの禁止令が二百年も続いているってことを覚えておいて。長崎は江戸よりもずっと小さな港町よ。でも同時にこの長崎は、異国との商いや取引がある港町、江戸よりも長崎のほうが異国にはずっと知られているの。この長崎で少しでも暮らしてみればふたりも長崎の立場が分かるわ」

と杏奈は言い切った。

「杏奈どの、長崎には公儀の役人がおるのだな」

「長崎奉行が江戸から遣わされているわ。長崎会所も長崎奉行の支配下にある。そして、出島のオランダ商館も唐人屋敷も江戸の役人、長崎奉行に見張られているのよ」

「ううーん」

と小龍太が呻(うめ)いた。

上海丸の到着に長崎会所から迎えの小舟が寄ってきた。

「本式の荷下ろしは明日からね」

上海丸から縄梯子が下ろされ、小舟から上ってきた男たちが姿を見せて、

「杏奈さん、ご苦労やったね」

「カピタンは船室にいるわよ」

と杏奈が応じると、男たちは舵場の副カピタン亥吉に挨拶して船室へと入っていった。

上海丸の舳先から背の高い異人が杏奈と桜子、小龍太のいるほうへ歩み寄ってきた。

小龍太が異人に気付いて息を飲んだ。たった今、長崎のオランダ人や清国人の

処遇を杏奈から聞かされたばかりだったからだ。

(どこぞの異国帆船から上海丸を訪れた異人か)

と小龍太は思った。

桜子も気付いて異人と見合った。すると異人がにっこり笑って、

「また会いましたね」

と達者な日本語で話しかけた。

桜子は船倉の一角で自分を見ていた異国人は、夢ではなく本当にいたのだと思った。

「桜子、そなた、承知か」

「小龍太さん、航海の最中にわたし、一瞬異人さんを見かけたの。でも、わたしはそれが現か幻か分からなかった。だから、小龍太さんにも告げなかった。でも、ほんとうのことだったのね」

「なんということが」

と小龍太が漏らした。

「桜子さん、小龍太さん、紹介しておくわね。ドン・ファン・ゴンザレス・デ・マケダよ、私の旦那様」

えっ、と驚きの声を漏らした桜子が呆然と杏奈とドン・ファンのふたりを見た。

「わたしたち、この上海丸に十日もいっしょに乗っていたの」

「そうよ、桜子さん。ファンも船のなかで桜子さんに出会ってびっくりしたと言っていたわ。日本人で桜子さんのように背の高い女は初めて見た、それに愛らしい顔立ちと褒めていたわよ」

「小龍太さんに言ったら、そなた、船酔いでまぼろしを見たかときっと笑われたでしょうね。ご亭主も江戸近くの神奈川湊まで往復したのよね。江戸は見物したの」

との桜子の好奇心に、

「私は上海丸に乗っていてはいけない異人です。でもね、長崎でも江戸でも、やってはいけないと言われていることでもなにかと手はあるものです」

とドン・ファンが言い切った。

「江戸の町を見たということ」

「はい、サクラコさんは娘船頭でしたね。私も猪牙に屋根をかけてオオカワから日本橋川に入り、水の上から見物しました」

杏奈から聞いたか桜子のことも承知していた。

「驚いたな」

と小龍太が桜子の代わりに感想を漏らした。

「おふたりさん、上海丸は、江戸に交易に行ったのよね。ファンは日本の刀剣や絵や調度の目利きなの。船倉にあった江戸からの品を鑑定したのもファンなのよ。だから、カピタン以上に交易の場ではドン・ファンことマケダ侯爵の判断が大事なの」

「侯爵とはたしか異国の大名のようなもののことだな。祖父から聞いたことがある」

「小龍太どの、そなたが腰の刀を独り揮うところを見せてもらいました。そなたの剣術はなかなか大したものですね。いつの日かその刀を拝見したいものです」

と言った。

「魂消たな」

と応じた小龍太が腰から黒漆塗鞘大小拵えを抜くと、

「お好きなように鑑定してくだされ。それがしの祖父は刀剣を集めるのが道楽でしてね、それがしの持ち物ではございません」

と差し出した。

「おお、これは恐縮」

ドン・ファンが両手で畏まって受け取り、

「拝見仕ります」

と一礼すると刀の鐺を海に向けて、ゆっくりと二尺五寸三分の刀身を抜いた。

武士の魂である刀の扱いを心得たうえにドン・ファンは背丈が六尺三、四寸あり、腕も長かった。この長尺の刀身を鞘から抜いて虚空にさらすと悠然と刀身全体を観察した。そして、どこに持っていたか、袱紗をあてがって区上から刃先へと仔細に見た。さらに刃文を鑑賞し、最後に鋒を凝視した。

「ふうっ」

とひとつ息を吐いたドン・ファンが、

「いつの日にか、祖父御にお会いして収集された刀を拝見したいものです」

と言った。

「わが家は旗本とは申せ、家禄の低い貧乏旗本でしてな。祖父が大金を投じた刀剣はありませんぞ」

「いえ、ただ今の江戸で大金を出したからといって、よき刀が手に入るとはいえますまい。収集家の一念がよき刀をもたらすのです。この一剣、戦国の世の終わりか江戸開闢の頃に鍛造された相州伝の刀かと存じます」

「お見事でござる。新刀でござるが、それがしには使い易うござる」

「和人にしては小龍太どのは背丈があり、またその技量が伴ってこそ、この相州伝、使い熟せると申し上げましょう」

小龍太は対面するドン・ファンの顔さえ見なければまるで刀剣鑑定家と話しているようだと思った。

「長崎に落ち着いた折り、この刀、改めて銘など確かめたいものです」

と願った。

ドン・ファンから一剣を返された小龍太は、杏奈に、

「われら、長崎に上陸するのはいつのことでしょうな」

と聞いた。

「ファンは暗くなってから下船するわ。おふたりもその折りのはずよ。いえ、桜子さんも小龍太さんもいつ下船しても差しさわりはないの。長崎会所の客人ですからね。でも、ファンは私の亭主とは申せ、異人でしょ。昼間、長崎といえども堂々と上陸するのは、長崎奉行のお役人の手前もあって控えているの」

杏奈は言い訳した。

「そうだ、長崎会所の総町年寄の高島東左衛門様に宛てた江ノ浦屋彦左衛門様の書状をわたし、携えてございます。杏奈さんにお渡しすればそのお方に届けていただけるかしら」

と桜子が不意に思い出して言うと、

「ただ今長崎会所の番頭さん方がカピタンと打ち合わせしているわ、預かりましょうか」

「船室にあります」

「私もいっしょに下ります」

とふたりの女たちが主甲板から姿を消した。

「ドン・ファンどのはオランダ人ですか」

と小龍太が杏奈の亭主である異人に聞いた。

「さあて、何人(なにじん)でしょうね。私が故郷のカタルーニャを出たのが十五、六年前です。わが一族、確かに爵位は持っていますが、私が名乗るのもおかしいのです。でも、長崎の人は、私が平民と名乗るよりも侯爵だと告げたほうがすぐに打ち解けてくれます」

と正直に事情を告げて笑った。

（そうか、国が違えば、身分も名も違う意を持つということか）

と考え、狭い江戸では考えられない生き方だと感心した。意外に老けていて、三十代の半ばから四十と推量した。

「杏奈どのとはこの長崎で知り合いになったのですか」

「いえ、唐人の国の上海にて出会いました」

「この船の名の土地に杏奈どのは行かれていましたか」

「小龍太さん、江戸に行くより上海は近いのです。この長崎から船にて二昼夜で着きます。長崎の人間にとって江戸より馴染みのある河港です。杏奈は年に何度も交易で行きますし、私たちにとってもうひとつの故郷といってよいでしょう。小龍太さんも桜子さんも長崎にいる間に上海を訪ねますよ、きっと」

とドン・ファンが言い切った。

その夜、ドン・ファンとふたりは長崎会所の小舟に乗って出島を見ながら川の傍（そば）の屋敷に入った。両番所付の長屋門は江戸で見る大名家江戸屋敷の門に似ていたがどこか異国風の造りに見えた。

「ドン・ファンどの、こちら、長崎会所は異国交易の本丸ですね」

「小龍太さん、ここは長崎会所ではありません。長崎総町年寄の高島家です」

小龍太は高島家を長崎会所と取り違えていた。

「そうでしたか、こちらは高島家でしたか」

「いかにもさようです。まず長崎奉行のことを話しておきましょう」

と前置きしたドン・ファンが、

「江戸から長崎に赴いている奉行や役人は、御料地長崎を石高十万石格の大名規模と考えていますが、交易で上がる利益は、十万石の大名どころではありません。そのことを長崎奉行も認めたくはないし、またそのことに文句をつける気もないのです。なぜならば、長崎奉行には役料のほかに八朔礼銀と称する付け届けが公に認められている上に、舶来品を元値で買えるのです。これらを京や大坂で売り払えば大変な利益が生じます。また交易商人や地役人から献納金もありますでな、長崎奉行を務めればひと財産できるのです。ゆえに長崎で揉め事は起こしたくない。じっと我慢して江戸に帰ることしか考えていません」

と達者な日本語で長崎会所を監督する長崎奉行という役について告げた。

「桜子は江戸の江ノ浦屋五代目の書状を持参したのでしたね。最前、杏奈が長崎会所の雇い人に渡しましたから、今晩はこちらの高島家の離れ屋に泊まることになります」

「ドン・ファンどの、われらは町年寄の離れ屋に泊まる身分ではありませんぞ。どこぞの旅籠(はたご)でよろしいのですがな」

と小龍太が言うと、

「上海丸ではどのような船室に泊まりましたな」

と問われた。

「最初の夜はさほどでもありませんでしたが、二日目からは立派な船室でした」

「その待遇はあなた方が受けたものではない。江ノ浦屋の五代目の大旦那の体面による待遇なのです。長崎では、あなた方が好むと好まざるとに拘(かか)わらずそのことはついて回ります。そして、ふたりは海賊船襲来の折り、きちんと礼を返された」

と言ったドン・ファンが、

「長崎の日々を楽しみなされ。ほれ、そなた方の案内人があそこにおります」

と女衆を指した。

灯りの点された庭を抜けて、ドン・ファンが告げた長崎会所の総町年寄高島家の広大な屋敷の離れ屋にふたりは女衆によって案内された。

「小龍太さん、ここは長崎会所というところではないのよね」

と桜子が念押しした。

「長崎会所と思うたがどうやら違うようだな。長崎会所のお偉いさんの屋敷らしい」

とふたりの問答を聞いた女衆が、

「長崎会所は町中の長崎奉行所の隣にございます。こちらは長崎会所の調役、町年寄、各町の乙名、組頭、オランダ通詞、唐通事など多くの雇い人を差配する総町年寄高島家の離れ屋ですと。詳しいことは明日、杏奈様が説明なされましょうもん」

と自慢げに説明してくれた。

が、ふたりは未だ長崎の「な」の字も理解がついていなかった。

二

「杏奈どのは長崎会所に勤めておられるのかな」

と思わず小龍太が名も知らぬ女衆に聞いていた。世慣れした物腰から、離れ屋の客を接待するこの女衆は主に信頼されている人物であろう、と推測したからだ。

「上海丸にてごいっしょに旅をされてきたのではありませんか」

「いかにも杏奈どのといっしょに船旅をして参った。われらふたり、とある事情から江戸を離れることになり、いきなり上海丸に乗船させられたのだ。肥前長崎に行く船だと聞かされて初めて、われらは自分たちの行く先を知ったくらいだ。船旅もさることながら長崎については全く無知でな。杏奈どのとは船中、話す機会はあったが、亭主どのが異人のドン・ファンどのと最前知ったばかりで、向後どうお付き合いしてよいのか戸惑っておる」

　小龍太の正直な言葉に女衆が笑い出し、

「杏奈様は長崎の政から交易まですべてを掌る総町年寄高島東左衛門様の姪御様にして、オランダ通詞を務めておられますと」

「通詞とは異国の言葉が理解できるのだな。おお、亭主どのがどこぞの国の貴人だと聞いたで、たしかに言葉は理解できよう」

「旦那様」

　と小龍太を呼んだ女衆が、

「長崎会所のオランダ通詞は格別力をもっちょられると。杏奈様はオランダ語だけやなかよ、エゲレスの言葉、フランスの言葉、イスパニアやポルトガルの言葉も話されるもん。ただのオランダ通詞と違いますと」

「そのうえ、長崎会所を差配する総町年寄の姪御であったな。杏奈どのの父親は上海丸のカピタンではないか」

「カピタン・リュウジロは総町年寄の高島東左衛門様と異母兄弟たい。ここだけの話、カピタンの母親は南蛮人の血を引く美しい人やったと」

桜子は初めて会ったカピタンと杏奈に異人の血を感じたことを思い出した。

「われら、なにも知らずして杏奈どのと付き合うてきた。明日からどうしたらよいかのう」

と独白する小龍太に、

「小龍太さん、わたしたち、さだめに従って生きるのではなかったの」

「おお、いかにもさだめには逆らえんでな。ドン・ファンどのと杏奈どの夫婦とも明日からの付き合いはさだめに従うしかないか」

「そげんことたい。人間、分からんことは流れに逆ろうたらいけんと。これまでどおりに付き合いなっせ」

と言った女衆が、

「私の名は糸女といいますと」

と名乗り、離れ屋の入り口までふたりを導いた。

「風呂も沸いとります、湯殿は寝所の奥にありますと」

女衆は部屋のあちこちを手で指し示し、

「この卓の飲み物は酒たい、なんでん遠慮せんと好きに飲んで食べてつかあさい」

と言い残すと、ふたりを置いて消えた。

ランプが明々と照らされた離れ屋は寝室のほかに居間があって円卓にはふたりが知らぬ飲み物の入ったガラスの瓶や水や果物などがあれこれと置かれてあった。

ふたりは円卓の椅子に腰を下ろしてしばし呆然としていた。

「小龍太さん、夢を見ているのかしら」

「夢ではなかろう。そなたが申すようにさだめに従い、長崎暮らしを楽しもうか」

と小龍太が己に言い聞かせるように告げ、

「明日からどのような人と会い、どのような出来ごとが降りかかろうとふたりのこれまでの経験や考えに照らして判断するのではのうて、杏奈どのやドン・ファンどの方に教えを乞うのがよくはないか」

と問うた。

「小龍太さん、それがいいわ。わたしたち、なにも知らないということが船旅でとくと分かったもの。杏奈さん方の知恵をお借りしたほうがいいに決まっているわね」

桜子の言葉に頷いた小龍太が、

「桜子、糸女さんは湯が沸いておると言わなかったか。潮風で体がべたべたしておろう。湯に浸かってさっぱりしてくるがよい」

「小龍太さんは入らないの」

「それがし、この瓶の飲み物、異国の酒を少しばかり試してみようと思う。酒を飲んで凝り固まった頭をほぐしたいのだ。明日は総町年寄の高島東左衛門様に挨拶をなすでな」

「分かったわ。ならばわたしが先にお風呂を使わせてもらうわ」

と言った桜子が船から携えてきた風呂敷包みを持って教えられた湯殿に向かった。

小龍太がガラス瓶の蓋をとるとガラスの器にわずかに注いで、舐めてみた。

「おお、これは強いぞ」

　水を足してふたたび口を付けるとなかなか微妙な風味に変わった。むろん小龍太が初めて味わう酒だった。

「ほうほう、この異国の酒はなかなかのものじゃぞ」

　とひと口飲んだ小龍太に桜子の、

「こんな風呂桶、わたし、見たことも使ったこともないわ。いい湯加減よ」

　と叫ぶ声が湯殿からした。

「こちらの酒も悪くないぞ。江ノ浦屋彦左衛門どのに多謝感謝じゃな」

「ふっふっふふ、長崎暮らし、楽しいわね」

「一年では短いかのう」

「明日、暇があれば江ノ浦屋の大旦那様に文を書くわ」

　と湯殿から桜子の声がして、

「わたしたち、旦那様から頂戴したお金、まだ一文も使ってないのよ。それでいて、こんな贅沢な離れ屋で大金持ちの異人さんのような暮らしをしているわ。小龍太さん、わたしの仕事を覚えている」

「たしか猪牙舟の娘船頭ではなかったか。なにやら遠い昔のことのような」

「お琴ちゃんやお軽（けい）ちゃんといっしょだったら、もっと楽しいだろうな」

と桜子が柳橋の幼馴染みの名を挙げた。

「桜子、酒の酔いがとろんと回ってきたわ。そんな酔いの頭がな、かような暮らしをもたらしたのは桜子だと言うておるわ」

「そうなのかしら。いや、わたしだけの力ではないわ、小龍太さんとふたりゆえよ」

「そう考えてくれるか。ならば長崎を存分に楽しもうか」

船旅のあと、長崎の町に上陸してもふわふわと体が浮いていた。それが酒の酔いと一体となってあれこれと思いが巡った。

「おお、棒術の道具を船に残して来たぞ。明日、なんとか六尺棒を都合しよう」

「そうね、わたしたちの暮らしの基（もとい）の棒術の稽古を忘れてはならないわ」

と湯船に浸かった桜子と酒の酔いに陶然とした小龍太は、長崎の一夜めの興奮を楽しんでいた。


翌朝まで三刻（六時間）ほど熟睡した小龍太は離れ屋の外に出てみた。変わった体裁の庭が離れ屋を取り巻き、見たこともない木々や花が植えられ、芝生が広がっていた。

　小龍太は偶然にも運命をともにすることになった祖父の一剣を腰に差し落として香取神道流の抜き打ちを始めた。

　潮風がこもった長崎の気を二尺五寸三分の刃が裂いていく。無心に抜き打ちを繰り返すにつれて船旅の疲れが薄れていくのが分かった。

　どれほど抜き打ちを続けていたか。

　敷地のどこぞから武術の稽古をしている気配が伝わってきた。あるいは総町年寄高島家ではなく隣接した屋敷からか。

「小龍太さん、朝餉を糸女さんが仕度してくれたわ。異人の朝餉よ」

「なに、異人の朝餉はなにが出るのか」

「ごはんの代わりにパンなるものよ。卵焼きに青物もあるわ。どれも美味しそうよ」

　と桜子が叫ぶのが聞こえた。

　総町年寄の高島邸は、敷地は大河内家の六倍、三千坪はありそうな広さと小龍太は推量した。離れ屋からは植木のせいで高島家の母屋は見えなかった。

（やはり武道場は高島邸の敷地内か）

と思いながら刀を鞘に納めた小龍太は離れ屋に戻った。すると居間の円卓に朝餉が並んでいた。

「おお、わが大河内家の朝めしと違うな」

「さくら長屋のうちとも船宿さがみの朝ごはんとも違うわ。なんだか、わたしたち、異人さんになった気分ね」

「異人の朝餉を食すると異人の言葉が理解できるかのう」

「ドン・ファンさんと杏奈さんの家では何語で問答(やりとり)をするのかしらね。わたしたちは江戸の柳橋の言葉しか話せないわ。一年で異国の言葉を学ぶことが出来るかしら」

さあてのう、と応じた小龍太が、

「桜子、この白いものはなんだ」

「メルク、牛の乳ですって糸女さんが教えてくれたわ。滋養があるんですって」

ふたりして初めての朝餉を食べ終えたころ、

「おはよう」

と言いながら杏奈が茶色い飲み物らしきものを入れた異国製の器を三つ載せた盆を持って姿を見せた。

「これはコーヒーという飲み物よ。食事のあとにはコーヒーか紅茶(ティ)を飲むわね。試してみる」

と言われてふたりは美しい器を手に濃い茶色の飲み物を口に含んだ。

「おお、香りがいいな。だが、めしのあとにこれか。結構苦いものだな」

と言いながら小龍太はコーヒーを飲み干した。

「なにやら異人さんになった気分だぞ」

小龍太に比べて桜子はコーヒーを持て余しているのか口をつけただけだった。

それを見た小龍太が、

「すべて口にするものは初めてのものばかり、長崎の和人もかような朝餉を食するかな」

「いえ、長崎人(ながさきびと)はやはり朝餉にはごはんと味噌汁(みそしる)みたいね。で、おふたりさん、朝餉はどうだった」

「どれも美味だけど小龍太さんはこの食べ物が食べられなかったの」

桜子が指したものを見た杏奈が、

「ああ、カース（チーズ）ね。和国では酥(そ)とか醍醐(だいご)というわね。牛の乳から作ったもので、大層精がつくのよ。だから、朝餉の折りにしっかりと食べて。小龍太さんは朝稽古をしたんでしょう。カースを食べると元気になるわよ」

「六尺棒を船に置いてきたでな、刀で抜き打ちの稽古を致した。そうか、カースなるものを食すると元気になるか」

　と応じた小龍太が、

「杏奈どの、この界隈に武道場はござらぬか。なんとのう、木刀で打ち合うような音がした」

「やはり気付いていたのね。わたしもそんな音を聞いたわ」

　と桜子も言った。

「この高島邸には道場があるの。長崎には長崎奉行所のお役人や長崎警固の福岡（ふくおか）藩黒田（くろだ）家や佐賀（さが）藩鍋島（なべしま）家の家臣がおられるの。で、高島家には何代も前から道場があって、お武家様方や会所の役人、雇い人たちが稽古をしているわ。覗いてみる」

「おお」

　と小龍太が張り切った。

「桜子、聞いたか。高島家は道場をお持ちだぞ」

「小龍太さん、薬研堀の大河内家に戻った気持ちにならない」

「ま、待て。うちは敷地内の道場はあるが、なにしろ貧乏旗本じゃ。こちらのように総町年寄ではないでな、比べ物になるまい」

と言った小龍太が、

「杏奈どの、道場見物より伯父上の総町年寄高島東左衛門様にご挨拶するのが先ではござらぬか」

「伯父は武術好きなの、この刻限は道場にいるわよ。だから、道場に行けば嫌でも伯父に会えるわ」

「それはなにより」

と応じた小龍太が、

「稽古着に着替えて参ろうか」

「初対面に稽古着姿でいいのかしら」

と桜子が杏奈を見て、

「おふたりさん、大事なことをお知らせしておくわ。長崎会所に公には総町年寄なんて職はないの。伯父は長年会所に町年寄として奉公し、長崎のため、あるいは公儀のために貢献してきた。だから隠居したいまも一代かぎりの総町年寄としてあれこれと御用を務めているの。別の言い方をすれば、長崎会所の隠居さんね。

まあ、そのつもりで気軽に会ってみて」

と答えた。

「相分かった、と言いたいが長崎は奥が深いな。ともあれ道場と聞いたゆえわれら香取流棒術大河内道場の稽古着にて道場に参ろう」

と応じて、ふたりは稽古着に急ぎ着替えた。

総町年寄高島家武道場は、昨夜潜った表門の右手に入ったところにあった。ちょうど離れ屋とは反対側に立地していた。

「おお、わが道場とは比べものにもならぬな」

と敷台付きの入口を眺めた。

「小龍太さん、桜子さん、道場が立派でも門弟衆の技量はどうかしらね」

杏奈が唆(そそのか)すような発言をした。

「師範はまさか高島東左衛門様ではござるまいな」

「まさか」

と杏奈が笑い、

「大村藩の家臣にて藩校五教館(ごこうかん)と治振軒(じしんけん)の師範を務めておられた一刀(いっとう)流の坂宮天龍(さかみやてんりゅう)先生が指導しておられるわ」

と言った。

三人は内玄関から道場に通った。

小龍太は二百畳の広さに四十人ほどの門弟が稽古をしているのを見て、どことなく安堵感を持った。そして、神棚のあるのを確かめたうえで道場の入り口に刀を置いて床に座した。すると桜子もその背後に正座し、拝礼した。

顔を上げたふたりを老人が見ていた。カピタンの兄のはずだが歳(とし)の差が二十幾つはありそうに桜子には思えた。

「香取流棒術の跡継ぎ大河内小龍太どの。さらには門弟の桜子さんじゃな。私が隠居の高島東左衛門です。よろしくお付き合いのほどを」

と杏奈から聞いていると見えて先手をとられた。

「総町年寄高島様。こたび長崎会所の所有船上海丸に同乗させて頂き、まことにあり難く感謝申し上げます」

「そなた方が江戸を離れることになった経緯(いきさつ)、旧知の江ノ浦屋彦左衛門どのの書状にてすでに承知にござる。この長崎に逗留(とうりゅう)したいだけ逗留することを許します」

「即刻のご返答、重ねて感謝申し上げます」

小龍太の言葉に頷いた高島東左衛門が、一刀流の坂宮天龍と思しき師範に、

「師範、武術家同士の挨拶は道場での稽古かと思う。どうであろうな、この両人とだれか稽古をさせては」

と言い出した。いつの間にか門弟たちは稽古をやめ、道場の壁際に下がって正座していた。

長崎会所で異人相手に交易を長年続けてきた東左衛門は、飲み込みが早く的確な指示を出した。

「ご隠居、それがし、参勤上番で江戸藩邸に二年余、滞在しておりました。その折り、道場主の大河内立秋どのに幾たびか指導を受けたことがございます。大昔でございましてな、それがしも三十路であったゆえ、小龍太どのがまだ幼いころかと思います」

「なんと坂宮先生は、わが薬研堀の道場をご存じですか」

「立秋様はお元気でござろうな」

「はい、未だ毎日道場に立ち、門弟相手に指導をしております」

「おお、うれしき話です。ご隠居がそなたを跡継ぎと申されたが、ぜひ香取流棒術をご披露願いたい」

「こちらこそお願い申します」

　と小龍太が応じるとすでに打ち合う者を選んでいたと見え、やり取りを聞いていた門弟衆のなかから十名が立ち上がった。

「われら、六尺棒を携えておりませぬ。それがしが竹刀か木刀にて立ち合いを為すことでお許し頂けようか」

「いいえ、上海丸で使われたおふたりの六尺棒、当道場に運んでおり申す」

　との坂宮のひと言で小龍太と桜子も立ち上がった。

「坂宮先生、これに同行してきた女人の桜子もわが道場で八つの折りから棒術の稽古を続けてきました。ご覧のように背丈も男並みにあります。また、桜子の父親は猪牙舟の船頭にございまして、当人も娘船頭を始めたばかりです。長い竹棹を使うことで足腰が鍛えられておりましてこの経験が棒術にも活かされております。桜子も打ち合い稽古に加えて頂きとうございますが、坂宮先生、いかがでしょうか」

「大いに結構です」

　との返答に桜子が六尺棒を受け取った。

三

「平蔵、稽古を願え」

坂宮師範に呼ばれて姿を見せたのは、歳のころ四十を越えたと思える小男であった。陽光にしっかりと焼けた顔の感じから上海丸のような交易帆船の水夫ではあるまいかと小龍太も桜子も推量した。

「大河内小龍太どの、平蔵は長崎の造船場で帆船の修理をしておる職人でな。若いころは帆船に二十年近く乗っておった。ゆえに船の暮らしは慣れておる。この者、わが一刀流道場でも異色でな、二刀流じゃが、それでよいか」

坂宮師範が桜子ではなく小龍太に断った。

「師範、ご丁寧な言葉、感謝申します。わが棒術道場にも様々な門弟がおりますゆえ、気になされますな」

と応じた。

「ならば、両人これへ」

と坂宮がふたりを道場の中央に誘い、

「道場稽古である。じゃが、念のためそれがしがそなたらの稽古に立ち会う。止(や)め、と声をかけた折りは双方得物(えもの)を引け」

と注意し、平蔵が、

「へい」

と返事をし、桜子も、

「畏まりました」

と受けた。

一礼し合うやいなや、平蔵がいきなりぴょーんと後方に飛び下がり、間合いをあけた。それまで平蔵の手にはなんの道具も持たれていなかったが、飛び下がったときには、一尺五寸余の木刀が両手にそれぞれ持たれていた。そして二本の木刀の柄(つか)は三尺ほどの細紐(ほそひも)で結ばれていた。

桜子は、二本の短い木刀は紐の扱いによって長い一本の道具に変じるのかと推量した。そして、この瞬間までこの奇妙な道具を小さな体のどこに隠していたのかと訝しく思った。

（そうか、この者、手妻も使うか）

と判断し、

（相手は相手、わたしはわたし）

といつものように六尺棒を下段に構えた。

その瞬間、平蔵の体が反動をつけずに飛び上がり、虚空で前転すると紐で結ばれた二本の木刀の片方が飛んできて六尺棒に絡みつこうとした。

桜子は咄嗟に木刀を弾いた。

紐で結ばれた木刀は弧を描きながら平蔵の手に戻り、それを察していたように、平蔵は敏捷に桜子の背後に着地するや、振り向きもせずに新たに木刀に力を加えて桜子の背を襲った。

桜子は片足を軸に反転しながら六尺棒でふたたび木刀を弾いた。

小龍太は平蔵の独創的な二本の木刀の使い方に感心をしながらも、

（桜子が相手の木刀の巧妙な動きに慣れるのは五、六打、打ち合いのあとか）

と思案していた。

平蔵は初めて両手に短かく木刀を握って構えた。その二刀流の木刀の間に紐が垂れている。

桜子は六尺棒の中ほどを握り、すいっ、と六尺棒の一方の先端を平蔵の紐へと伸ばした。

（ござんなれ）

といった感じで平蔵が紐にて六尺棒を巧妙に絡めとり、動きを封じようとした。

平蔵の紐の動きを察していた桜子は六尺棒を引くことも自らが間合いをあけることもせず、反対に突きの構えの六尺棒とともに大胆に踏み込んでいた。

予測を裏切る桜子の動きに、

「あっ」

と驚きの声を発した直後、平蔵は六尺棒で腹を軽く突かれ、小さな体を後方に吹っ飛ばされていた。

桜子が飛び下がり、立会人（たちあいにん）の坂宮師範が、

「ふぁっふぁっはあ」

と大きな笑い声を上げた。

「平蔵の小技などお見通しでござったか。いやはや、唐人の水夫から習った二刀流も形（かた）無しじゃな」

と言い添えると道場内に笑い声が響いた。

なんとも大らかな道場だ、と小龍太は感心した。

床から立ち上がった平蔵が、

「娘さん、加減して突きなはったと。そんでん腹が痛かとよ」

　とこちらもまた素直に負けを認めた。桜子も、

「長崎は大らかな地」

　と感嘆した。

「よかろう、桜子さんの次なる相手は、そうやな、大村藩藩士望月小次郎、そなたでどうだ」

　と二番手の対戦相手に自らが藩校武芸場の治振軒で指導してきた現役藩士を指名した。

「はっ」

　壁際で待機していた門弟のひとり、望月小次郎が返事をした。二十四、五歳か、木刀を手に道場の中央へと歩を進めた小次郎に、

「小次郎、見たな。香取流棒術に小細工はなんの役にも立たんわ。教えを乞え」

　と坂宮が命じると、

「坂宮師範、平蔵の二刀流、いま少し通じるかと思いましたが相手になりませんでしたな。それがし、教えを乞います」

　とこちらも素直な言葉を発した。すると負けた平蔵が、

「小次郎様、いかんいかん、師範が言われたことを真剣に聞かんね。小細工はいかんと。坂宮師範直伝の一刀流で教えを乞いない」

と言い添えた。

なんとも和気藹々とした道場の雰囲気だった。

小龍太もまた感嘆しながらも、ふたりが予期せぬ攻めを見せ合うのではないかと思った。

桜子がちらりと小龍太を見た。

小龍太は、ただ頷いた。両人の間に、

（いつもどおりに動きます）

（それでよい）

という無言の問答が為された。

望月小次郎は一刀流の正眼の構えに木刀を置いた。

一方、桜子は六尺棒を下段に構え、後の先で待った。

最初から察していたように、

「参ります」

と断った小次郎が先の先で踏み込んできた。美しい踏み込みに桜子は一瞬魅了されていた。

次の瞬間、面打ちが桜子の上に落ちてきた。

桜子の六尺棒がまるで桜の花びらを一陣の風が舞い上げたように小次郎の木刀を弾いていた。

薬研堀の大河内道場で十年、研鑽(けんさん)を積んできた技がしなやかに伸びて面打ちの木刀を弾き飛ばして床に転がした。

おお、と驚きの声を発した小次郎が、

「参りました」

と相手の技をあっさりと認めた。

「小次郎、そなたの面打ち一打にて決着したか」

「師範、それがしが幾たび攻めを重ねようと結果は同じではございませんか。それがしの手はかように震えております」

と利き腕の右手を師範に見せた。

「さあて、どうしたものか」

と坂宮師範が思い迷った。

「師範、口を挟んでよかな」

とこの道場の主にして長崎会所の総町年寄高島東左衛門が師範に声をかけた。

「ご隠居、話になりませんな。なんぞお知恵がございますかな」

「このご両人とは向後一年ほどの付き合いになりまっしょう。今ここで木刀を合わせるよりもこれからの稽古でくさ、互いを知ればよかと違うな。このふたり、江戸でも知られた武芸者たい。カピタン・リュウジロから話ば聞いたが紀伊の沖合で海賊どもをあっさり退けた手際は並みじゃなかげな。修羅場(しゅらば)を潜ってこられたんやろう。どやろ、師範、このご両人の棒術を拝見せんな」

「おお、それはよき考えかな。それがしがお相手しても小次郎の二の舞でしょうからな」

　と得心すると、

「大河内小龍太どの、桜子さん、いささか厚かましい願いと承知しており申す。長崎の地に来訪された挨拶代わりに香取流棒術を見せてくれませぬかな」

　と乞うた。

「長崎会所総町年寄高島様、坂宮天龍師範、当道場の大らかな気風、われら、羨(うらや)ましくもあり、その背後に隠された業前(わざまえ)があるのではと恐れてもおります。ともあれ、大河内家に代々伝わる香取流棒術は、わが先祖の思案や企てを取り入れて、いまや大河内流棒術とでも呼ぶべきものに変じておりましょう。それでよいと申されるならば、われらの拙き技をご披露致します」

「おお、快諾なされたな、感謝致す。わが高島道場に隠された業前などありませんがな、あるとすれば来訪者を快く受け入れることの一点にございましょう。どうかわれらにおふたりの大河内流の技を見せてくだされ」

と重ねて坂宮師範が願い、ふたりは承知した。

桜子のもとへつかつかと歩み寄った小龍太が、

「木刀にてそなたの六尺棒を受けたいがよいか」

「若先生、承知致しました」

と受けて両人は木刀と六尺棒で打ち合い稽古を為すことにした。

そのことを坂宮師範に伝えて許された小龍太は高島道場の木刀を借り受けることにした。すると最前桜子と立ち合った望月小次郎が、

「それがしの木刀でもようございますか」

と自分の木刀を差し出した。

「お借りします」

と拝借した小龍太が片手にて軽く素振りをして桜子の前へと戻った。

師匠と弟子、ふたりによる稽古だ、むろん立会人の坂宮師範もいなかった。

「ご指導願います」

と桜子が小龍太に乞うて六尺棒と木刀の稽古が始まった。

指導を受ける桜子は、いつもの下段の構えから先の先で攻めかかり、小龍太が香取神道流の守りで受けた。

坂宮は、桜子の六尺棒の動きに関心を寄せた。

攻めかかる六尺棒は突き、払い、打ち込みと連続した技を一瞬の暇もなく繰り出した。それは最前小次郎に見せた下段からの払いよりも数段迅速にしてしなやかな動きだった。そしてその攻めは寸毫の間もあけずに繰り返されるのだ。

(これが真の動きか。香取流棒術、恐ろしや)

と坂宮は言葉を失った。

桜子の攻めに対して小龍太の受けは、実に的確であった。

最初、このような六尺棒と木刀稽古には、攻め方の順番があるのかと坂宮は推量した。だが、桜子の動きは、一定の順番の繰り返しではないことに気付いた。

桜子は己の本能と勘により技の流れを創っているのだと悟った。この絶え間ない技の連鎖も凄いが、それに応対する小龍太の受け技も驚愕という以外、言葉が見つからなかった。

両人の攻めと守りは半刻(はんとき)（一時間）も続いたか。刹那(せつな)、間をとった小龍太の意思を飲み込んだ桜子の動きが不意に変わった。

阿吽の呼吸で攻守が交代していた。

守りだった小龍太が攻め方に、攻め方だった桜子が守り方に変わった、とその場のだれしもが考えた。だが、直ぐにそれが誤解だったと気付かされた。

小龍太の攻めを、受けに回った桜子が数回弾き返すと、間合いを見てまた攻めに転じた。

そのあとの両者の打ち合いはこれまでにない凄みを帯びたものに変わっていた。

高島道場のその場にあるだれもが息を呑んで凝視していた。

木刀が六尺棒を受けた瞬間に攻めに変わり、また、六尺棒が木刀を受けて瞬時に攻めに変えて、打ち合いが途切れることなく続いていく。

どれほどの時が流れたか。

長崎港に泊まる異国帆船が鳴らす正午の鐘の音が高島道場に響いてきた。

小龍太が六尺棒を弾くと、背後に飛んだ。それを見た桜子も六尺棒を小脇に抱えて間合いをあけ、一礼すると、

「ご指導ありがとうございました」

と礼を述べた。

頷き返した小龍太が見所の総町年寄と師範を見て、

「香取流棒術と香取神道流の一端にございます」

と告げた。

その息遣いは打ち合い稽古の前と変わっていないように見えた。上海丸の主甲板で稽古したときのように、打ち合いが終わりに近づくにつれてふたりは少しずつ体の動きを緩やかなものに変えていたのだ。

道場にしばし沈黙の間があった。そして、

「魂消たと」

と高島東左衛門が漏らした。

「どげんな、坂宮師範」

「ご隠居、言葉もありません。それがし、この年余、当道場を預かって参りましたが、師範の役を果たしてきたと言えるのか、甚だ心許なくなり申した。この場でそれがしが師範を辞したところでなんら支障もないほどの役立たずでございました」

「坂宮師範、それとこれとは違いますと。私ども、武術とはなにかを見聞したのです。このご両人の打ち合いを見てな、この場の一人ひとりが本日ただ今からの稽古法を変えねばなりますまい。幸運なことはこのご両人が当分長崎におられることです。師範、道場の長屋はどうなっていますかな」

と東左衛門が話柄を転じた。

「ご存じのようにそれがしは大村藩蔵屋敷に住み暮らしておりますゆえ、当道場の長屋は空いております」

と聞いた東左衛門が、

「小龍太どの、桜子さん、当道場の長屋に移られて坂宮師範の指導の手伝いをして頂くわけにはまいりませんかな」

「われら、さような厚遇を受けてよろしいものでしょうか。どうだ、桜子、どう思うな」

「長崎会所の総町年寄様へ返答をする前に、わたしが江戸から預かってきた書状の中身に反することがないかどうかを確かめる要はございませんか」

と桜子が未だ長崎会所総町年寄高島東左衛門に正式に挨拶をしていないことを気にして、小龍太に告げた。

「おお、いかにもわれら、礼儀を欠いておったな」

と改めて東左衛門に顔を向けた小龍太に、

「ご両人、江戸の江ノ浦屋彦左衛門どのからの書状には桜子さんと大河内小龍太どのの長崎での面倒を願うと認めてございましたぞ。となればうちが江ノ浦屋の大旦那の願いを受けて住まいを用意するのは当然でございましょうし、道場の指導料などについてもこのあとで話し合いましょうかな」

と言い出した。

「伯父上、おふたりの腕前、長崎会所がお買いになるということかしら」

これまで姿が見えなかった杏奈が口を出した。

ふたりが高島道場で稽古をし始めた後、いつの間に道場に戻ってきたものか、杏奈の姿が消えたことを桜子も小龍太も気付いていた。いつの間に道場に戻ってきたものか、杏奈とドン・ファン・ゴンザレス・デ・マケダ侯爵の夫婦が道場の片隅にいた。

「おお、杏奈か。長崎会所というよりは高島家の道場の指導方としたほうがご両人の立場としてはよかろう。長崎奉行や長崎会所といった堅苦しい扱いよりも長崎を勝手次第に歩き回れようからな」

と東左衛門が言った。

杏奈が異国の言葉で亭主のドン・ファンに話しかけ、ふたりの間で相槌が繰り返された。

「伯父上、ファンもおふたりのためにはそれがいいとの意見よ」

ならば、とふたりを見た高島東左衛門が、

「高島家道場付きとして長崎にお暮らしになりませんか。聞いてのとおり長崎会所の奉公人として役目を負って働くと長崎奉行所の役人とも付き合うことになりましょう。となれば江戸でのお立場上、いささか窮屈ではございませんかな」

と桜子がさる御仁から当分江戸を不在にせよと命じられた一件に遠回しに触れた。総町年寄は江ノ浦屋彦左衛門の書状を読んで桜子らの事情をいくらかは知っているようだった。

「ご隠居様、いかにもさようかと存じます。江戸から離れた長崎とは申せ、公儀のお奉行様やお役人方とお目にかかる身分でもございませんし、こちらの道場のお手伝いをさせていただければ、わたしどもは十分満足です」

と桜子が言い切った。

「杏奈、そなたが道場の長屋に案内してご両人が本日から暮らしていけるように諸々の仕度をなせ」

と長崎会所の総町年寄というよりも今は隠居の立場として高島東左衛門が姪の杏奈に命じた。

四

高島家の武道場の客分として長屋に住まいし、一日じゅう道場で過ごす日々に神奈川湊から長崎までの上海丸乗船の疲れは消えた。

小龍太と桜子の長崎での暮らしが落ち着いた日の昼下がり、杏奈がふたりを、

「長崎を案内するわ」

と誘ってくれた。

秋が深まり、穏やかな陽射しが長崎の町に落ちていた。

「退屈していない」

「道場で稽古の日々よ。これ以上の毎日はないわね」

と答えた桜子だが実はいささか退屈していた。

「ふっふっふ」

と笑った杏奈が、

「江戸を騒がすひょろっぺ桜子さんと棒術の達人の小龍太さんがそろそろ暇を持て余しているんじゃないかと誘ったんだけど、迷惑だったかしら」

「杏奈どの、それがしは桜子と違い、長崎の町を散策したかったぞ。じゃが、江戸から遠く離れることになったわれらの立場を考えると、勝手に町歩きなどできまいと思ってな。我慢をしておった」

「あら、小龍太さんは正直ね」

と言った杏奈が、

「長崎を案内する前にふたりにお願いよ。杏奈どのとか桜子さんとか敬称はなしで付き合いばせんね。異人たちは名の呼び捨てが当たり前たい」

とわざと長崎訛りで願った。

「わたしが杏奈さんを杏奈、と呼ぶの」

「そげんこつたい、私たち、歳も近いし小龍太、桜子、杏奈でよかろうもん」

「おお、それがしはかまわんぞ」

「それがしも堅苦しいけど小龍太は侍だし、致し方ないか」

訛りを捨てた杏奈が中島川沿いの道を流れに沿って下っていく。出会う人と杏奈はたいてい挨拶をし合い、まるで長崎の住人がみな知り合いのようにふたりには思えた。

「この中島川は長崎港に流れ込むの。左手と、それから後方の高台には唐人の寺が山門を連ねているでしょう。そのうち、慣れたらふたりで散策してみたらどうね。長崎は江戸ほど大きな町ではないもの、直ぐに分かるわ」

と言ったとき、下流から潮の香りと独特の油のにおいがしてきた。

ふたりが上海丸から下船する折りに嗅いだ長崎のにおいだった。すると港がふたりの目の前に広がり、港を挟んで対岸の山並みは紅葉に染まっていた。そして、港には唐人の船が数隻停泊しているのが見えた。

「ほら右手に見えるのがオランダ人の住まい、出島よ。左手の奥には唐人荷物蔵と称する清国人の土蔵が見えるでしょ。橋向こうに唐人屋敷があってその周りに唐人街が広がっている。この食べ物のにおいは唐人街から漂ってくるのよ」

とふたりに教えた。

「杏奈、上海丸はもはや積み荷を下ろしたであろうか」

小龍太が気になっていたことを問うた。

「江戸からの積み荷の一部は別の船に積み替えたわ」

「素早いな」

と驚く小龍太の言葉に、

「交易は一日でも一時間でも早く終えることが大事なの。よく異人が『時は金なり』っていうわね。物をできるだけ素早く動かすのが交易で儲けるコツなのよ。初めて和人と交易をする異人はのんびりとした取引にうんざりするわ」

「江戸っ子がせっかちかと思うたが異人のほうが性急か」

「異人は、交易は交易、遊びは遊びと区別して楽しむの。一日二十四時間ということをふたりは上海丸で承知したわね」

「およそ一刻の半分が一時間であったな。時計の針は長針と短針のふたつがあって長い針の一回りが半刻、六十分だと知って驚いたぞ。江戸の人間で時計を持つ者は公儀の役人の一部か、大商人くらいであろう。時鐘が鳴る一刻に合わせてわれらは暮らしを立ててきたでな。時計の長針の動きに合わせて暮らす異人が信じられぬ。異人と同じように長崎の人々も時計に合わせて生きておるか」

「小龍太の言い方は大仰だけど交易に携わる長崎会所は異人の考えや動きに合わせているわ。交易は長崎にとっても江戸の公儀にとっても大変肝要なことなの」

と杏奈は言い切った。そして、ふと思いついたように、

「おふたりさんから預かった文ね、あの日に出た交易帆船に載せたわ。そうね、

あと一日二日したら江戸に着くと思うな」

「えっ、そんなに早く文が届くの。驚いた」

「だから言ったでしょ。『時は金なり』よ。もしおふたりの文が商いに関わるものだとするわね。桜子の文は小龍太のものより一日早く江戸に着いた。その折りの相場で百両の買い物が二百両に化けるかもしれないわ。ところが小龍太の文は一日遅れたために百両が半値の五十両にも価しなくなるかもしれない。繰り返すけど異国との交易は迅速こそが大事なの。長崎奉行所のようにいちいち、江戸にお伺いを立てる商いは許されないのよ」

杏奈が教え諭すようにふたりに説いた。

桜子は杏奈の言葉が半分も理解できなかった。そこで、

「杏奈、上海丸は港のどこに泊まっているの」

と話柄を転じた。

「上海丸の暮らしが懐かしいのかな。上海丸は江戸で買い付けた品々の一部を積んだまま、一昨日上海に向かって船出したわ」

「えっ、上海丸はもう長崎にいないの。新たな交易に出たの」

「だから言ったでしょ、『時は金なり』って。今日の夕刻前には上海丸は中国一

の交易河港に横付けしているわね」

　ふたりは杏奈の返答に言葉を失い、茫然自失した。

「上海は異国よね」

　と桜子が念を押した。

「私たちには馴染みがあるけど、唐人の国の町だから異国ね」

「たしかに『時は金なり』かもしれんな、われらが世話になった上海丸はもはや新たな交易に従事しておるか。杏奈は行かなくてよかったのかな」

　小龍太が問うた。

「長崎会所には数多の雇い人がいるのよ。私が行かなくてもカピタンらが商いをして、そうね、数日後には上海から長崎に戻ってくるわ」

「魂消たな。われら、神奈川湊から長崎までの航海にまるで彼岸にでも旅をした気分であったが、上海丸の面々はわれらが六尺棒を振り回している間に異国に向かっておるか。うーむ、どういってよいものやら」

　と小龍太が唸ったが桜子は言葉もなかった。

「杏奈お嬢さん」

　と海上から声がして猪牙舟に似た小舟から声がかかった。

「待ったの、新助(しんすけ)」

と応じた杏奈が、

「おふたりさん、長崎の町を知るには海から眺めるのがいちばんね。まず唐人蔵を見物に行くわよ」

とふたりを帆柱が倒された小舟に誘った。小舟は帆走も出来るようだった。

桜子は新助が漕ぐ櫓さばきに関心を持った。

「桜子、猪牙を思い出したか」

その視線を見ていた小龍太が聞いた。

「猪牙舟と一見似ているけど、舟の造りや櫓の漕ぎ方はどうやら違うみたいね」

ふたりのやり取りを聞いていた杏奈が、

「そうだ、桜子は猪牙舟の娘船頭だったわね」

「成(な)りたての新米船頭だったの。船頭稼業に慣れないうちに長崎に来てしまった」

「江戸が恋しい」

「杏奈、そんな気持ちが起こらないほど次から次へと新しいことに出合って驚きっ放しよ。江戸に戻ったら、わたし、猪牙舟の娘船頭に戻れるかな」

「一年先のことを案じていたら長崎では生きていけないわよ。そのときはそのとき、おふたりの運命に身を任せていまを生き抜くことよ」

「ああ、そうだった。わたしたち、さだめに従うのだったわ」

と桜子が己に言い聞かせたとき、

「ほら、唐人の荷物蔵の大きな建物がたくさんあるでしょう。この小舟は、唐人蔵に荷を納めたり、受け取ったりする折りに使うの。荷物蔵の奥の橋向こうに唐人屋敷が見えてきたわよ」

と杏奈が教えた。

ふたりの鼻腔に唐人の食べ物のにおいが襲いかかってきた。

ふっふっふふ、と笑った杏奈が、

「このにおいに慣れると唐人の料理が美味しく食べられるようになるわよ。初めて長崎を訪れた和人のだれもが乗り越えねばならない最初の『関所』かな」

「だれでも関所を越えられるのかな」

「そうよ、と言いたいけど長崎奉行所のお役人方はまずダメね。江戸の暮らしを手放そうとはしないもの、江戸城の習わしや決まり事やごはんと味噌汁と焼き魚の食事を長崎にきても変えようとしないの。和人と異人の育ちや考えが違うように国によって食い物の味も違って当たり前よね。それを乗り越えたとき、地球儀に描かれていた外国や四方の海に関心を抱けるようになる。私の感じだと、おふたりは関所をうまく越えてくれると思うな。ほら、船のなかでもワンタン麵を食べたでしょ」

杏奈が願望を込めた言い方で告げた。

「うーむ」

と唸った小龍太が、

「桜子、われら、しばしの間だが柳橋の暮らしを忘れねばなるまいな」

「さだめに従うのね」

「おお、天のさだめに従って長崎を楽しもうぞ」

と言い切った。

「おふたりさん、今晩は、唐人の食い物屋に行きましょうか」

「またも唐人の食べ物に挑めと申すか、杏奈」

「頭で考えないの、においなんて気にせずに唐人の食べ物を味わうことよ。できるわね、おふたりさん」

と笑みの顔で杏奈がふたりを唆した。

江戸の薬研堀の直参旗本大河内家の香取流棒術道場主大河内立秋宛てに分厚い書状が届いた。晩秋の六つ（午後六時）前の刻限だ。

「そなたかな、わし宛ての文を持参したのは」

「へえ、ご隠居の大河内立秋様とはおまえ様かな」

「いかにもわしじゃが、文はどなたからかのう」

「さあて、差出人は知らんと」

立秋老はしばし相手の男衆を眺めた。そして、門前に立つ陽光に焼けた顔の男衆が飛脚屋とは異なることに気付いた。

「そなた、飛脚屋ではないな」

「へえ、船乗りたい」

「船乗りとな、どこから江戸に参った」

「肥前長崎たい」

「おお、さようか。しばし待て。なにがしか、礼金をとってくるでな」

立秋老は文の主が小龍太と桜子と察した。

「ご隠居、こん文はうちの大事な客人の文たい。礼など考えんでくれんね。黙って受け取ってくれんやろか」

と立秋に分厚い書状を押し付けた船乗りは、踵(きびす)を返して薬研堀の船着場に舫っていた小舟に飛び乗った。慌てて立秋もあとを追った。船乗りの小舟は江戸の川舟とは違い、なんとなく異国製と思しき造りだった。

「そなた、あちらにはいつ戻るな」

「そやな、野分にさえ出くわさねば十日後には客人のおる港町に戻っとりまっしょ」

「すまぬが客人とやらにわれら息災にしておると伝えてくれぬか」

「相分かりましたと」

と返事をした相手がしばし思案していたが、

「ご隠居、客人に返書を認(したた)める気はなかかな」

「おう、そなたが文使いをしてくれるというか。ならばなんとしても認めよう。いつどこへ届ければよいな」

「明日七つ半（午後五時）の刻限におれがこの薬研堀に戻ってくるたい。じかに文を預かっていくと」

立秋は小舟に近寄り、

「長崎会所の町年寄どのによろしく伝えてくれぬか」

と囁くと相手がにたりと笑い、

「手にした棒は棒術の道具やろか」

と関心を示した。

「おお、これか。いかにも六尺棒じゃ。持っていくか。貧乏旗本じゃが六尺棒はいくらもあるでな」

と手にしていた棒を冗談に差し出すと、船乗りが、

「よかな、明日まで借りて」

と神妙に受け取り、

「また明日」

と言い残して薬研堀から異国製の小舟で大川へと出ていった。

江戸を晩秋の薄闇(うすやみ)が覆おうとしていた。

立秋は分厚い文を懐(ふところ)に入れて道場へと戻ろうとした瞬間、人の気配を察した。

(何者か)

と警戒し、薬研堀界隈を見回したが怪しい人物はいないように思えた。

立秋老が道場に戻るとお琴こと横山琴女が大河内家の畑から入って来られる縁

側にいた。

「おお、そなたであったか」

「ご隠居さん、どなたから文なの」

「見ておったか。どうやらそなたの幼馴染みとわが孫からの文と思われる」

「ふたりはどこにいるの」

「肥前長崎」

「えっ、長崎って西国の長崎のこと」

お琴の問いに頷いた立秋老が懐から文を出し、

「この文次第ではお琴、そなたに使いを頼みたい。おそらく江ノ浦屋彦左衛門どのに会ってもらうことになろう」

と言いながら封を披(ひら)いた。

「おお、それがしに宛てた小龍太の文のほかにやはり江ノ浦屋の大旦那に宛てた書状が出て参ったわ」

「ご隠居、一刻(いっこく)も早く江ノ浦屋の大旦那様に文を届けたほうがよいのではありませんか」

「おお、そうじゃな。そなたが届けてくれるか。彦左衛門どのから返書があるやもしれぬな。返書は明日の昼までにと伝えてくれ。用心のためにヤゲンを連れていくがよい」

とお琴の足元にいたヤゲンに視線をやると、言葉が分かったようにヤゲンがすっくと立ち上がった。


お琴とヤゲンは、日本橋川の魚河岸を往復して薬研堀に戻ってきた。なんと江ノ浦屋彦左衛門もいっしょだった。

「おお、彦左衛門どの、なんぞ桜子の文に懸念が認めてあったかな」

「いや、神奈川湊から長崎への航海でも長崎での暮らしでも、ただ驚くことばかりで、あのふたりは楽しんでおるようじゃな。小龍太どのの文になんぞ厄介が書かれてないか、聞きに参ったのだ」

「いや、こちらの文にもたったひと夜だが、長崎会所の隠居どの、総町年寄高島東左衛門方に世話になり、大満足しておるとしか書いてない。彦左衛門どの、文を取り換えて読み合いましょうかな」

「おお、それがいい」

とふたりは長崎からの書状を交換して読んだ。

その二通の文をお琴にも読ませた。むろん長崎からの文が江戸に届いたことはお琴の胸に留めると約定させてのことだ。

「うちに文を届けた船乗りがな、明日の七つ半時分に戻ってくる。江ノ浦屋どのが江戸の消息を認めるならば、預かっていこうぞ。飛脚などより随分と早いと言うておったぞ」

「おお、ならば今晩、桜子に宛てて文を書こう。明日の昼にはこちらに届けますぞ」

「相分かり申した」

と返答したとき、

「ご両人様、この文のことは船宿さがみの親方とおかみさんに知らせてはなりませぬか」

とお琴が言い出した。

「さがみのふたりは桜子の親代わり、さらには江戸を離れたことを承知しておるでな、話してもよかろう。どう思われますな」

と立秋老が彦左衛門に質した。

「うむ、さがみの外には告げぬ約定でお琴、そなたがこの文の内容を話さぬか」

「おお、それがよいな」

とふたりが合意した。

「ご両人様、さがみの親方が桜子に宛てて文を書きたいと申されたら、どうしましょうか」

「そうじゃな、この一件、大河内家、江ノ浦屋、それに柳橋のさがみの三軒と今後も文使いを願うお琴の四者の内緒に致そうか」

と立秋老が向後の長崎と江戸との文のやり取りについて決めた。

しかし翌日、七つ半時分に戻ってくると約定した船乗りは、日が暮れて夜になっても薬研堀の棒術道場に姿を現さなかった。

第四章　文使いの悲劇

一

「うーむ、急用が生じて予定を変え、朝のうちに碇を上げて佃島沖を発(た)ったか」

四通の文を手にした大河内立秋は、

（どうしたものか）

と思案した。

肥前長崎会所の町年寄様方で小龍太と桜子に宛て、飛脚便で出そうかと思いついた。しかし、船は急遽(きゅうきょ)出航したというよりも、荷積みが多いなど思わぬ事態が出来(しゅったい)してこちらに来られなかっただけとも考えられないか。ならば明日にも姿を見せるのではないかと思い直した。

翌朝五つ（午前八時）時分、吉川町の鉄造親分が独り大河内道場を訪ねてきた。親分の顔が険しかった。

「どうしたな」

と道場の表口に出た立秋老は、親分が手にしていた六尺棒を気にかけた。

「ご隠居、この六尺棒はこちらの物ですかな」

棒の底の目印から一見して道場の六尺棒と分かったが、

「どおれ」

と受け取った立秋老は六尺棒が長い間水に浸かっていたことに気付いた。

「うちの道具じゃがどうしたな、親分」

「ご隠居、だれぞに渡されましたかえ」

と鉄造親分も硬い表情のまま反問した。

「一昨日、とある御仁に貸し与えた。というより礼金代わりに贈ったものだ」

「相手はだれですね」

「鉄造親分、なんぞ起こったか」

「ご隠居、まずはわっしの問いに答えてくれませんかえ。わっしの用件は話のあとで必ず申し述べますでな」

「船乗りだと名乗ったが名は知らぬ。昨日の七つ半時分に薬研堀に戻ってくる約定であった。それがしがその御仁について知るすべてだ」

立秋の返答にしばし迷った鉄造が、

「もはや戻ってきませんや」

と言い切った。

「事情を話してくれぬか」

「へえ、本未明、新大橋(しんおおはし)下、大川右岸の中洲でがっちりとした体付きの男が舌を嚙(か)んで自裁しているのを荷船の船頭が見つけましてな」

「自裁じゃと」

立秋は思いがけない言葉を聞いて問い直した。

「亡骸(なきがら)はひでえ呵責(かしゃく)を受けていた。この御仁は殺されちまう前に自裁したと判断されやした。その傍らの葦原(あしはら)でこの六尺棒が見つかったんで」

「なんということが」

と立秋老はしばし言葉を失い、沈黙した。

「その者がこちらを訪ねてきたのですな」

と鉄造が念押しした。

「親分、そなたはうちの小龍太と桜子のふたりが江戸から姿を消して身を隠した先は知るまいな」

「存じませんや。知らないほうがいいとうちの旦那が申されますのでな」

鉄造親分のいう旦那とは、北町奉行所定町廻り同心堀米与次郎(よじろう)のことだ。

「おそらく堀米同心も知るまい。親分、この一件、桜子が江戸を離れなければならぬ理由(わけ)に鑑(かんが)み、ここでの話は内々にしてくれぬか」

「ご隠居、人ひとりがひでえ目に遭って自裁した事実も思案して頂けますかな。こりゃ、自裁じゃねえ、殺されたも同然だ。いったい何者ですね」

「最前申したぞ。名は知らぬ。ただしこの者が乗り組んでいた船が江戸の内海、おそらく佃島沖あたりに停泊していよう。この者は長崎会所と関わりがある船乗りであろうと推量できる。一昨日、うちを訪れ、小龍太と桜子の文を届けてくれたのだ」

「ふたりは肥前長崎におりますので」

吉川町の鉄造親分の問いに立秋老は頷いた。

「なんと遠国(おんごく)長崎に身を寄せましたか」

「さるお方の口利きでふたりは長崎会所の所有帆船に乗り込み、長崎に向かったのだ。長崎会所は交易船を何隻も所有し、公儀に認められた交易のほかに裏の交易もしているようだ。ゆえにふたりがひと月以上も前に乗り込んだ交易帆船は江戸沖には入れず、神奈川湊で深夜に乗船したとふたりが長崎からの文に認めてきた」

「こたび自裁した船乗りが乗り組んでいたのは長崎会所の帆船と申されますか」

「そう理解しておる。最前も言うたが小龍太と桜子の文をわしに届けてくれたのだ。そして、昨日、長崎のふたりに宛てた返書を取りにくる約定であった。それが」

「一昨日、こちらからの帰りに何者かに捕まり、責め苛まれた挙句、自裁した」

「親分、船乗りが乗っていた小舟はどうなったであろうか。和国の船大工が造った小舟とは異なり、異人の乗る小舟とわしは見たのだが」

「亡骸が倒れていた中洲の近くでは六尺棒が見つかっただけでして」

ふたりはまた沈黙し、思案し合った。

「親分、あの船乗りへのひどい苛責は、小龍太と桜子がどこにおるか吐かせようとするためだったとは思わぬか。だが、あの者はなんとしても秘密を守るために自ら命を絶った」

「へえ。ご隠居が推量されたように、その船乗りが乗っていた小舟がこの国の船大工が造ったものではないとすると、小舟を乗せていた親船がどのような曰くの船か、襲った者どもが証しとして持ち去ったということではありませんかえ」

「わしにはなんともいえぬな」

「そやつらは、当然若先生と桜子の両人が肥前長崎におることを推量したと考えてよろしいでしょうな」

鉄造親分の問いに立秋老は頷いた。

「その者たち、佃島沖だかに停泊しているはずの船に悪さを仕掛けるのではないか」

「公儀が認めた長崎会所の船に手を出しますかな。なにより長崎会所の交易帆船は大筒を載せ、異国の鉄砲なんかも積んでいると聞いております。江戸のどなたかが容易に手を出せる相手ではありますまい」

「そうならばよいがのう」

とふたりは言い合った。

「ご隠居、長崎からの文はこちら宛てだけですかえ。それともほかに宛てた文もありましたかえ。わっしが読むことはできますまいな」

　しばし沈黙した立秋老が、

「わしに宛てられた文ならばこの場で読むことは許す」

　と言って、小龍太からの文を持ってくると鉄造親分に渡した。ざっと読んだ鉄造が、

「ご隠居、ありがとうございました」

　と文を返した。

「親分、そなた、どう動くのだ」

「正直、頭を抱えています。この自裁した船乗りの一件、公儀のだれにも知られたくはない。だが、このまま放置もできない。堀米の旦那も迷いましょうな」

　と素直に気持ちを告げた。

　立秋老が長いこと沈黙した。

「とはいえ佃島沖の船を確かめには出向かざるを得まい」

「へえ、亡骸が長崎会所ゆかりの船乗りと分かった以上、調べざるを得ませんな。だが、堀米の旦那が同行したとしても、長崎会所の面々がわっしらの話を聞いてくれるかどうか」

　と鉄造が言った。

「文使いの者の亡骸はどこにある」

「へえ、偶(たま)さかわっしの知り合いの荷船の船頭が見つけてわっしに知らせてきましたので、荷船を借り受けてそちらに乗せております。こちらの六尺棒が見つかった折りに堀米の旦那と相談して、大番屋には届けてませんや。六尺棒がなんぞこちらの厄介になってもいけませんのでな、わっしが急ぎ姿を見せたってわけでさあ」

「わしの身を案じてさように気遣いをしてくれたか」

「へえ」

とだけ鉄造親分が答えた。

「わしが堀米同心と親分に手を貸してはならぬか」

「ご隠居、どういうことで」

「まだ騒ぎは公にされておらぬな。となれば、密かに亡骸を長崎会所の船まで届けぬか。同心どのやそなたにわしも同行しようではないか」

と立秋老が言い切った。

この宵、名を知らぬ船乗りの亡骸を乗せた荷船が佃島沖に停泊する長崎会所のガリオタ型帆船肥前丸（ひぜんまる）に横付けした。

　立秋老は江ノ浦屋彦左衛門や堀米同心と密談し、佃島沖の長崎会所の船を探し当てた上で、前もって鉄造親分の屈強な手下を使いに立て、文使いの船乗りが帆船に帰る途中に悪党一味に捕まって責められ、自裁したことと、今宵、そちらに船乗りの亡骸を届ける、仔細はその折りに告げるとだけ伝えてあった。

　船乗りの亡骸は湯灌（ゆかん）されて真新しい白衣を着せられ、寝棺のなかで白菊に埋まっていた。無言のうちに棺桶がガリオタ型帆船肥前丸の主甲板に上げられた。そこには簡素な通夜（つや）の仕度がなされていた。

　棺桶に同行したのは、大河内立秋、北町奉行所定町廻り同心堀米与次郎と吉川町の鉄造親分に、江ノ浦屋五代目の彦左衛門が加わっていた。

　肥前丸のカピタンの佐之吉（さのきち）が、

「おお、江ノ浦屋の大旦那様も」

　と驚きの声を漏らした。

　前もっての報（しら）せには、亡骸に伴うのは立秋老、堀米同心、それに鉄造親分の三人と伝えてあったからだ。当初は同行しないつもりだった江ノ浦屋彦左衛門は、

「ご隠居、やはり私も同行しましょう。長崎会所と付き合いのあるのは私ひとり

ですからな」

と考えを変えると、密かに大川の中洲の荷船に人を送り、船乗りの亡骸に湯灌をさせて死出の旅への仕度を整えることまで引き受けた。

「佐之吉どの、お仲間のご一統、薬研堀のわが大河内家に文使いをしてくれたこの者の名を未だ存じませぬ。ともあれ、顔を見てやってくれぬか。悪たれどもがどのような責め苦を課そうと口を閉ざして、最後には自ら舌を噛んで身罷った勇者のお顔をな」

と立秋老が言い添えた。

「大河内様、江ノ浦屋の大旦那様、そなた方はこの者、帆方の亀五郎の最期を承知ですかえ」

「いや、この場のだれも最期の仔細は知らぬ。亀五郎と申す帆方が薬研堀のわが大河内家に文を届けたことは承知じゃな」

「へい、わっしが亀五郎に命じましたゆえ承知です」

「文の差出人は、ここにおられる大河内立秋老の孫である小龍太どのです」

と彦左衛門が告げ、

「もうひとりの差出人桜子が文を寄越したのが、この娘の親代わりでもある江ノ浦屋彦左衛門、この私です」

と言い切った。

「おお、なんと桜子さんの親代わりというほどの深い間柄でしたか」

カピタン・佐之吉の返答に頷いた彦左衛門が、

「帆方の亀五郎の骸は大川の新大橋下の中洲に置かれておりましたそうな。このことは北町奉行所定町廻り同心堀米どのと御用聞きの鉄造親分のふたりから、通夜が終わったあと聞いてください。それともカピタン、先に話を聞いて得心せぬかぎり通夜は催したくはないと言われますかな」

「江ノ浦屋の大旦那様の言葉は長崎会所の総町年寄高島東左衛門の命といっしょにございます。どうぞ亀五郎の顔を見せてくだされ」

と願って、寝棺の蓋が開けられた。

「おお、江ノ浦屋の大旦那様、亀五郎を湯灌してくださいましたか」

「亀五郎の文使いの労にわずかでも報いたいと思いましてな」

と彦左衛門が答えた。

「ご一統様、亀五郎の身内がひとりおります」

とカピタン・佐之吉が言い、

「お鶴（つる）、これへ」

と言うと、主甲板に参集する水夫たちの後ろから娘が姿を見せた。

「亀五郎の妹の鶴です」

「おお、妹御が乗船しておられたか。わしはそなたの兄御の最期を知らぬと申したな。それがしが兄御に文使いの礼を述べ、なにがしかの礼金を差し上げたいと言うたら、会所の大事な客人の使いに礼など頂戴できぬと断られた。そしてな、わしがちょうど手にしていた棒術の道具の六尺棒を代わりに所望されたのだ。亀五郎どのの死を御用聞きの鉄造親分から聞かされたとき、そなたの兄御は、わが家を見張る目に気付いておられたのではないか。ゆえに六尺棒を所望されたのかもしれぬ。武運拙く死に至らしめられたが最後の最後まで長崎人の船乗りとして勇敢果敢であったと、大河内立秋は認めるぞ」

桜子と同じ年頃か、鶴が、

「大河内様、兄の彼岸への旅立ちに際してこれほどのはなむけの言葉はございません。ありがとうございました」

と深々と頭を下げた。

これが肥前丸帆方の亀五郎の通夜の始まりとなった。

水夫のなかで読経を為すものがあり、仲間たちが、

「亀五郎、彼岸で会おうぞ」

とか、

「身内のことはわしに任せておけ」

などと亡骸に言葉をかけた。

読経が終わると四斗樽がでーんと主甲板に据えられ、寝棺を中心に車座になり、亀五郎の為人を語り合った。

「旦那、人様が死んで、通夜がいいな、と思うのはいけないことかね」

「いや、人間だれしも死ぬことは避けられまい。かような別れは悪くないわな」

と鉄造親分と堀米同心が茶碗酒を手に言い合った。そんなやり取りを聞いていた亀五郎の朋輩のひとりが、

「お役人さんよ、親分さんよ、ひとつだけおれには分からないことがあるのだ。亀五郎はなんで殺されたんだ」

堀米同心と鉄造親分が顔を見合わせた。

「それがし、不浄役人と蔑まれる三十俵二人扶持の町奉行所の同心を先祖代々務めてきた。定町廻り同心ゆえ殺し、押込みなど惨い出来事ばかりだ。だが、そん

な騒ぎのうちの半分も、なぜ下手人がそのような所業に走り、人が殺されたか分からんのだ。おそらく亀五郎どのの死もそんなひとつに加わるかと、それがし、最前から考えておった。ご一統の気持ちに適うような答えを見つけられるのかと案じておる」

と堀米同心が淡々と漏らした。そんな問答を聞いた江ノ浦屋彦左衛門が、

「そなたの疑問に堀米同心が素直に答えてくれました。私が堀米同心の言葉にひとつだけ付け加えるならば、私が親代わりの娘、ただ今長崎会所に世話になっている桜子の身代わりになったのではないかと危惧していることです」

「えっ、桜子さんの身代わりですか」

朋輩は桜子の名を挙げて念押しした。

「悪党どもは桜子の所在を突き止めたくてむごい呵責を亀五郎さんに為したのではなかろうか。とはいえ、桜子がなにを為したのか、親代わりの私にも分かりません。この一連の騒ぎ、どう考えていいか分からんのです。すまないが堀米同心と私の言葉で許してはくれまいか」

と天下の分限者江ノ浦屋五代目彦左衛門が言った。

「お役人様、江ノ浦屋の大旦那様、なんともあり難い言葉でございました」

と問答を聞いていた妹の鶴がふたりに礼を述べた。

「兄さんの朋輩衆、明日にはパシフコの大海原に亀五郎の亡骸は戻ります。長崎には小龍太さんと桜子さんが私どもの帰りを待っておりましょう。今宵（こよい）の通夜の場で腹のなかの思いをすっかりと吐き出して長崎に戻りませんか」

亀五郎の亡骸は長崎に運ばれると思っていた鉄造は海に葬（ほうむ）ると聞いて、長崎人の海への深い愛情に驚いた。

「おお、お鶴、悪かったな」

と堀米同心と鉄造親分に亀五郎の無惨な死の理由（わけ）を質そうとした仲間が妹に詫（わ）びた。

その夜、ガリオタ型三檣帆船肥前丸の甲板上では身分を忘れた一統によって帆方亀五郎を送る通夜が明け方まで催された。

未明、江ノ浦屋の迎えの屋根船が来て、四人はふたたび線香をあげ、亀五郎に別れを告げて下船した。すると肥前丸の甲板は、一気に通夜から出船の仕度に移り、たちまち碇が上げられ、帆が朝の風を孕（はら）んで江戸の内海から外海へと帆走を始めた。

屋根船を停めたまま、四人は肥前丸の船影が消えるまで見送った。

二

長崎では穏やかな日々が続いていた。

小龍太と桜子は、杏奈の案内がなくても長崎の町をそぞろ歩き、江戸町に立ち、橋越しに表門から出島の内部を望み、異人の暮らしぶりをあれこれと思い描いた。なんと出島には牛や鹿や鶏や、そのほかふたりが見たこともない鳥や動物が人間と暮らしていると聞いて驚いた。

「小龍太さん、出島にはだれでも入れるのかしら」

「長崎奉行所の許しがなければ入れまい」

「そうよね、わたしたちも橋のこちらから遠く垣間見るだけよね」

と桜子が出島の右手の高々と掲げられた赤・白・青の三色旗を眺めた。

「杏奈がオランダの旗と教えてくれたわね」

「ああ、国ごとに旗があるそうじゃ。和国にはまだ国の旗印がないそうじゃな。長崎に来て初めて知ったぞ」

ふたりの話を聞いていた長崎の年寄りが、

「あんたら、会所の客やったな。出島がそれほど珍しかと」

「われらは初めて接する光景ゆえ珍しいことばかり、退屈などしませんな。ご隠居、出島の出入りはどうなっておるな」

「オランダ人も許しなく出島の外には出られんと。和人の女はな、女郎のほかはあんたさんも入ることはできんたい」

「遊女は出島に入れるか」

「ああ、出島行きと呼ばれるオランダ人相手の女郎は入れるたい」

杏奈が教えてくれなかったことを教えてくれた。

「待って。長崎会所の杏奈さんは入れると言わなかった」

「おお、総町年寄の姪御のことたいね、杏奈嬢さんはオランダ通詞たい。出島にとっても奉行所の役人衆にとっても欠かせん女子(おなご)たい。出島門鑑(もんかん)ち手札は持っとりまっしょ」

と言った。

「出島って広いのかしら」

「こちらから見ると広そうに見えんね、わずか四千坪しかなかとよ」

「なに、四千坪か。江戸のわが大河内家の敷地は四百六十坪。十倍近い広さじゃな」

「ばってん、島の外廻りが二百八十六間とちょっとしかなかもん。そこで大勢が暮らしとるけん、狭いのとちがうか」

「ご隠居、よう承知じゃな」

「わしか、出島の石垣の手入れが仕事やったと。むろん石垣の下の海に船を浮かべての仕事たい。出島に入ったことはなかが海からはよう見とったと」

と応じて、

「あんたら、オランダ屋敷では何語が話されているか承知な」

「うむ、オランダ屋敷ゆえオランダ語ではなかろうか」

「公儀はそう思いたいやろな。そやけど、異人との商いはオランダ人とだけでは成り立つめえ。エゲレス人もフランス人もおるし異人さんもいろいろたい。そげなことで出島に暮らしておるのはオランダ人だけではなかと。いろんな異人が住まいしてくさ、いろんな異国の言葉が聞かれるとよ」

「オランダ屋敷というからオランダ人だけかと思ったぞ」

「公儀の衆の建前(たてまえ)たい。異人との商いはオランダの衆だけではならんこつ、江戸から来るお奉行さんもよう承知たいね」

石垣職人だった隠居の話は、上海丸の船中、杏奈から聞かされたことをふたりに思い出させた。公儀と異人の考えの違いを長崎会所の面々が上手く取り持って商いしているのではないかと、小龍太は思案した。

「あんたら、唐人屋敷は承知な」

「幾たびか唐人街にめしを食いに行ったので、こちらも表から見て承知だ。唐人語が賑やかに聞こえて長崎はまるで異郷だな」

「そやろ、江戸とは違うやろな」

「わたし、飽きない」

と桜子が漏らすと年寄りが、

「せいぜい楽しみない」

と言い残して江戸町の橋から去っていった。

桜子は港を見たが上海丸の姿はなかった。

かようにふたりは唐人の寺めぐりをしたり、港めぐりをしたりして長崎の暮らしを楽しんだ。むろん長崎会所の総町年寄高島家の道場で門弟衆と朝稽古をしたあとのことだ。

ふたりが長崎に着いてふた月以上が過ぎた。秋から冬と季節は移り、冷たい海風が吹きつけるようになった。

その日、異人の外衣(マント)を杏奈から借りて着込んだふたりは、唐人街に夕餉を食しにいった。そのあと、唐人屋敷の大門から、その先の二ノ門前広場に賑わいを覗きにいった。

オランダ人が閉じ込められた出島より唐人屋敷は倍以上も広いようで、唐人の数はオランダ人とは比べようもないくらい多かった。大声で露店の売り子の和人と掛け合う様子は神田明神(かんだみょうじん)の祭礼の日を思い出させた。

大門の門前あたりには二本差しの武士もいた。長崎には西国を中心に大名家が蔵屋敷を構えていたから当然といえば当然だった。参勤交代で江戸に上がった藩士たちが暇を持て余して吉原(よしわら)や繁華な日本橋界隈に出歩く光景に似ていた。だが、異人たちがいる分、長崎の賑わいは刺激的だった。

桜子が小龍太に囁きかけた。

「わたしたち、見張られてない。なにかしてはいけないことをしたかしら」

「気付いていたか。数日前からなんとなく感じておった。だが、長崎奉行所や長崎会所の者ではあるまい」

「だれなの」

「わが爺様が知らせてこなかったか。長崎会所の船の帆方が大川の中洲で何者かに呵責を受けて自裁したと。杏奈さん方はわれらが気遣いしないように話してくれぬが、爺様の文によると、亀五郎なる帆方は、薬研堀のわが屋敷にわれらの文を親切にも届けてくれたのだ。その帰りに災厄に見舞われたとか。その者たち、わが薬研堀の屋敷を見張っている何者かが亀五郎どのに目を付けたのではないか。つまり桜子がどこにおるか探っていたのと違うか」

「わたしたちが長崎にいることが知られたということ」

「それしか考えられまい」

「杏奈に相談する」

「杏奈たちは師走を前にひどく繁忙な様子と見受けられぬか。われらの身はわれらで守るしかあるまい」

と言い合い、高島家に戻ることにした。唐人屋敷の門前から寺町に差し掛かったとき、長崎人がいう午後八時を回っていた。

大音寺の山門が常夜灯の灯りに浮かんで見えた。

そのとき、ふたりは前後を数人の武士たちに挟まれていた。

桜子は素手だった。

一方、小龍太は異人の外衣の下に大刀を一本差しにしていた。

「桜子、山門を背にしておれ」

と命じた小龍太は前後に六、七人の剣術家がいるのを確かめた。右手の四人の背後に面体を隠した武家が鉄扇を手に控えていた。この者が剣術家の雇い主か。形から察して長崎に蔵屋敷を持つ大名家の中堅の家臣と思われた。

大光寺側からふたりに迫った三人のうちのひとりは菊池槍と称する素槍を構えていた。穂先は片刃造りの短刀をつけ、柄は樫材だった。元来菊池槍の柄は八、九尺と長かったが泰平の世になり携え易いように七尺の柄に一尺の短刀をつけたものへと変わっていた。

「われらに何の用事かな」

と小龍太が外衣を脱ぐと桜子に渡した。そして大刀の柄に手をかけながら聞いた。

「われらはそなたらに襲われる覚えはないが」

と重ねて問うたが相手は無言だった。

小龍太は大音寺の山門の常夜灯の灯りで菊池槍の隣の剣術家の木刀に目を凝らした。木刀というより太い棒だった。かような木刀を使うのは薩摩藩の東郷示現流の門弟と聞いたことがあったが、しかとした証しはなかった。

「わが愛しの君、どうするの」

桜子が小龍太に囁きかけると手にしていた外衣を広げたまま、菊池槍と太い木刀を携えた両人に向かってふわりと投げかけた。

ふたりが外衣に視界が閉ざされたのを見た小龍太が気配も見せずに踏み込み、大刀を抜きながら菊池槍を構えた腕を切りつけた。

不意を突かれた相手が悲鳴を上げて菊池槍を放り出した。

桜子は転がってきた菊池槍を素早い動きで拾い、構えた。

「これでこちらも得物がふたつになった。これからはもはや手加減は致さぬ」

と小龍太が宣告した。

桜子が菊池槍を構えて太い木刀の主と三人目の剣術家に迫った。小龍太に腕を斬られた剣術家は仲間の背後に退り、手拭いを出して血止めを始めていた。

桜子の菊池槍に武骨な木刀が無言で迫ったが、桜子の菊池槍が棒術の動きで素早く腰を強打して大音寺の山門下の道に転がしていた。その手から木刀が飛んでいた。

一方、小龍太は抜き放った刃渡二尺五寸三分の豪剣を正眼に構えて、ゆく手を塞ぐ四人との間合いを詰めた。

「そなたら、われらふたりを始末したら、いくら貰えるな」

どう見ても面体を隠した武家と剣術家たちは相反する雰囲気を持っていた。

「そうか、口を開いてはならぬと命じられたか。ならばそれがしがそなたらの雇い主を当ててみせようか。その前に江戸からは船で参ったか、どうだな」

との小龍太の問いに四人の剣術家たちの間に微妙な動揺が生じた。

「さようか、やはり船か。われらもガリオタなる三本帆柱の帆船で初めて外海を航海して長崎に着いたが、弁才船とは乗り心地が違うであろう」

と小龍太は相手の正体を知りたくて思いついたことを次々に口にした。

「そなたら、江戸でこの長崎会所の交易帆船の船乗りのひとり帆方の亀五郎を惨い呵責を加えて自裁に追い込んだか。その者の仲間が一味に仇を為さんと待ち受けておるぞ。長崎はもはや刀剣の時世ではない。大筒もあれば、剣付き鉄砲もある。どうだ、勝つ手立てはあるかな」

矢継ぎ早の言葉に、

「われら、江戸で惨い呵責などした覚えはない」

と応じたひとりが剣を八双に構えた。

面体を隠した御仁が手にしていた鉄扇で己の膝をばちばちと叩くと、一瞬扇を開き、すぐに閉じた。その一瞬のうちに、小龍太は扇の中央にある四つの槌の文様を目に焼き付けた。

「ほう、そのほうらの雇い主が口を利いてはならぬと命じておるぞ」

鉄扇の音を聞いた剣術家の頭分が、

「女を入れたふたりだ、一気に踏み込め」

と大声を発した。その傍らにいた小男は刀の柄にも手をかけず小龍太の動きを見ていた。

小龍太はこの剣術家のなかで手応えあるのはこの小柄な男一人かと判断した。

剣術家の頭分が小龍太へと間合いを詰めてきた。

そのとき、

「火の用心、してくれんね」

という掛け声とともに拍子木が打たれて提灯の灯りが寺町に近づいてきた。

ふたたび鉄扇の音がして襲撃者一行が素早く姿を消し、最後に小男がゆっくりとその場を離れた。

桜子の手には菊池槍が、そして、道には武骨な木刀が転がっていた。

小龍太は大刀を鞘に納め、木刀を拾うと、

「桜子、急ぎ高島道場に戻ろうぞ」

と大音寺の門前から中島川の河岸道へと駆け抜けた。

高島家の武道場で杏奈がふたりを待ち受けていた。ふたりがそれぞれ菊池槍と武骨な木刀を手にしているのを見た杏奈が、

「なにかあったの。もしかして知らせが遅れたかしら」

と問うた。

「杏奈、知らせとやらがなにかわれらには理解がつかぬ。話してくれぬか」

「本日昼下がり長崎の内海の入り口に琉球船が碇を沈めて琉球人とも思えぬ七、八人の輩が長崎の町に入ったの。船が江戸からきたことは確かよ」

「ならば杏奈、そなたの知らせはしばし遅れたと答えようか。だが、それがしが監視に気付いたのは数日前だ」

と前置きした小龍太がこの数日に感じた監視の気配について告げた。

「数日前からさる大名家の探索方があなたたちふたりの行動を見張っていたのだと思うわ」

と杏奈が言い切った。

長崎会所も西国の大名家の蔵屋敷に密偵を潜入させ、探索方を置いているのだろうと小龍太は思った。

「さて、杏奈、その大名家とは、この武骨な木刀の藩かのう」

「そうね、琉球船に乗ってくるとしたら、丸に十の字よね」

「やはりな」

「あなた方は江戸で丸に十の字と諍いを持った覚えがあるのないの」

杏奈がかたい表情で質した。

「杏奈、だれぞが関心を寄せるのはそれがしではない。桜子ひとりに対してだ。桜子が江戸を離れざるをえなかった経緯をそなたに話したかな」

「曰くは知らないがお偉いさん方の忠言に従い、江戸を離れた、と父から聞いたわ。それがこの長崎まで騒ぎが追ってくるなんて、どういうこと」

杏奈がふたりの顔を交互に見た。

「杏奈、われらがそなたらに隠し事をしていると考えておるか」

と小龍太が杏奈を睨み返した。

杏奈が口を開こうとしたとき、

「まるにじゅうのじってなに」

　と桜子が自問するように言った。

「丸に十の字というのは家紋でな、十文字とも轡十文字とも呼ぶ。薩摩藩島津家の紋所だ。かような家紋だ」

　と小龍太が桜子の手をとり、掌にその図柄を書いてみせた。

「最前の者たちも薩摩藩の関わりの輩なの」

「顔を隠した武家は薩摩藩島津家の家臣であろうな。だが、ほかの面々は薩摩に関わりがある分家の家来か、いや、ただ腕を買われた剣術家ではなかろうか」

　と推論を述べた小龍太が、

「桜子、丸に十の字の家紋が気になるか」

「わたしじゃないわ。お父つぁんが猪牙強盗に殺された、たしか前の日のことよ、『丸に十の字め、なんとかかんとか』と独り言を繰り返すのを聞いた。わたしが、なに、それ、お題目と問い返した覚えがあるの。お父つぁんはひょっとしたら、薩摩藩に関わりがあるご家来を乗せたんじゃないかしら。その幾日か前に、昼過ぎから江戸の内海に出て、また戻ったといっていたわ」

「桜子、どこからその者を乗せ、どこへ戻ったのだろうか」

「分からないわ。でもお父つぁんの亡骸が見つかったのはたしか芝の大木戸の近くだった」

「薩摩藩の居家敷があるのも芝ではないか」

「あのあと、お父つぁんは」

と桜子が言いかけて口を閉ざした。なにごとか必死で考えている表情だった。

「父御は殺されたのね」

と不意に杏奈が質した。

「ええ、それがなにか」

「桜子の父御は薩摩藩の家臣を乗せた。そして、薩摩藩にとって都合の悪しき場を見たか話を聞いたかした、それで始末されたのだとしたら」

と杏奈がぽつんと告げた。

「えっ、そんな曰くでお父つぁんは殺されたというの。でも、どうしてわたしまで狙われなければならないの」

「父御が桜子に、あなたになにか話したと連中が考えたとしたら」

「だってなにも聞いてないのよ。お父つぁんは猪牙舟で聞いた話は決して長屋でも船宿さがみでもしなかったもの」

「だが、相手はそうは考えなかった」

　と小龍太も杏奈の推量に賛意を示したように言った。

「大名家のご家来が猪牙舟の船頭を殺めるなんてありえない。第一お父つぁんは猪牙強盗、ぶったくりに殺されたのよ」

　しばし無言が三人の間に続いたあと、小龍太が、

「広吉どのは猪牙強盗の仕業に見せかけた別のだれかに殺されたのだとしたら」

「だって、江戸の、それも大名家のご家来がお父つぁんを殺すなんて」

「桜子、薩摩藩の先代島津重豪様の三女茂姫様は、当代将軍家斉様のご正室だ。外様大名から将軍の御台所様を出すなど前代未聞の出来事。それほどの力を島津様は持っておられるのだ。薩摩藩の内情は知らぬがなにが起こっても不思議はない。そなたが江戸を離れなければならなかった曰くがここにあるかもしれん」

「だって、わたし、お父つぁんからなにも聞いてないのよ。ただ、お父つぁんの『丸に十の字』という呟きを聞いただけよ」

「相手は桜子の弁明など聞き入れまいな」

　しばし高島家の道場を重い沈黙が支配した。

「相手が薩摩ならば長崎会所にとっても一筋縄ではいかないわね。どうしたもの

か」

「桜子、われらふたり、長崎を密かに出ようぞ」

「おふたりさん、いったんおふたりの身を引き受けたのよ。長崎会所が違えることはないわ」

「では、どうするのだ」

「考えさせて。それから、当分はこの高島家の敷地から出ないで」

と杏奈がふたりに命じた。

三

翌日、昨夜のことを忘れようとふたりが朝稽古に没頭していると杏奈が訝しげな顔をしながら、

「うちに道場破りがきたわ」

と妙な声音で告げた。長崎会所の総町年寄が道場主ともなれば道場破りなど初めてのことか、杏奈の表情はそうだと訴えていた。もはや道場には門弟の姿はなかった。

と小龍太が杏奈の背後に従ってきた者を見た。

「道場破りとはそのお方かな」

「そうよ」

小龍太は桜子を見た。桜子も驚きの顔で小龍太に頷き返した。

「昨夜はわれらふたりを襲い、今朝はこの道場に参られたか」

との小龍太の言葉に、

「えっ、なに。どういうことよ」

こんどは杏奈が驚いた。

「それがしの見立てに間違いなければ、昨夜の待ち伏せのひとりであった。違うかな」

と小龍太が格別小男ゆえ覚えていた人物に糺した。

「いかにもさよう」

と平然と応じた小男に、

「立ち合いを所望か」

「すでに昨夜の騒ぎにてそなたらの技量は承知である。それがし、負け戦には加わらぬことにしておる。こちらでは道場破りとでも言わんと門前払いで道場に通してもらえまいと思ったのだ」

「呆れた」

　杏奈が漏らした。

「そなたの姓名をお尋ねしようか」

「本屋敷大五郎、体付きと名は合っておらぬが親が付けた名だ、間違いござらぬ」

　と小龍太らの反応を窺い、さらに言い足した。

「祖父の代まで中国筋の小名の陪臣であったそうな。父がなんぞしくじりを犯して放逐された。それがし、物心ついた折りには諸国放浪の暮らしでな。剣術は亡父より教わり申した。東軍無敵流と父はいうておったが、東軍無敵流をしかと修行したかどうか怪しいものだ」

　淡々と語る言葉を聞いて嘘はなかろうと小龍太は感じた。

「昨夜は薩摩藩のお屋敷に帰られなかったか」

「昨夜の顚末を見て、聞いていた以上の厄介ごとに巻き込まれたと察し申した。ゆえにとくと知らぬ仲間とは別れて、あの場に戻り、そなたらふたりを尾けてこの道場を知った」

「なんと、われらは尾けられておったか。迂闊であったな」

「それがし、己の気配を消すのも得意技でな、この技がなければとっくに身罷っておろう。あのあと、この界隈の破れ寺にて一夜を過ごした」

「もはや薩摩藩の稼ぎ仕事には戻られぬ心算か」

「浪々の暮らしゆえいろいろな稼ぎ仕事にはついた。江戸の安宿で知り合った舟城どのに誘われてなんと肥前長崎まで旅をしてきたがこの仕事は胡乱すぎる。それがしとは肌が合わぬわ」

　と言い切った。

「舟城どのとはあの仲間のひとりか」

「おお、雇われ仲間の頭分だ。そなたらふたりを殺れと叫んだ御仁じゃ。昨夜は薩摩の屋敷に戻ってこっぴどく叱られたのではないか」

「およその事情は分かり申した」

　と返事をした小龍太が、

「そなた、われらに何故会いに参られたか」

「おお、この長崎でな、薩摩藩の面々に互角に立ち合えるのはそなたらが寄宿しておる総町年寄の高島家くらいであろう。こちらに与することでそれがしの命もながらえると考えたのだ。道場の下働きでもなんでも致す、こちらに置いてくれぬか」

としゃあしゃあとした口調で本屋敷が願った。

小龍太は杏奈を見た。

「どうすればよかろうか、杏奈」

「道場破りが口実としても、念のためご両人のどちらかが相手して東軍無敵流の技量を確かめてくれないかしら」

杏奈がなにか魂胆がありそうな口調で言った。

いつの間にか道場には道場主の高島東左衛門と杏奈の亭主ドン・ファンが姿を見せていた。問答はふたりにも聞こえたはずだが、一切口出しをする気配はなかった。

「道場主の姪御がああ申されておるわ。本屋敷どの、それがしか桜子か、どちらか相手を致すでそなたの業前を見せてくれぬか」

「なに、道場破りの真似事をせよと申されるか。うう－ん、それがしの腕前は亡父以下、大したことはないがな。とは申せ、棒術と稽古はしたことがない。桜子どの、お相手願いたい」

と桜子を名指しした本屋敷が道場の隅に行き、鞘の塗りが剝げた大小を外して刀掛けにおくと、

「木刀をお借りする」

と壁に掛かっていた木刀の一本をさっと手にした。

桜子は上海丸の船中で手造りした六尺棒を携えて道場の中央に立った。

「桜子さんや、お手柔らかに」

と願った本屋敷大五郎が木刀を構えた途端、表情がぴりりと引き締まって桜子の目を凝視した。

ひょろっぺ桜子より七、八寸、頭ひとつ低い本屋敷だ。だが、剣術の技量と修羅場を潜った経験はなかなかのものと小龍太は観察した。

桜子はいつものように六尺棒を下段に構えて、本屋敷大五郎の正眼の構えに向き合った。

数瞬、桜子の構えを見た本屋敷が気配もなく踏み込んできた。

下段からの六尺棒と正眼の木刀が絡み合って乾いた音を響かせた。

これがきっかけで両人の打ち合いが始まった。剽悍と玄妙の技の出し合いは、

一瞬の弛緩もなく見応えがあった。だが、江戸から船旅をしてきたうえに昨夜は破れ寺に仮寝した疲れが出たか、本屋敷大五郎の腰が浮いてきた。それでも打ち合いを止める気配はなく、六尺棒の技の間に間合いを詰めた本屋敷の体勢が流れたのを見て、桜子が飛び下がった。

「おお、道場破りどころではないな」

と漏らした本屋敷も木刀を引き、

「桜子さんや、ご指導ありがとうござった」

「いえ、こちらこそ東軍無敵流の業前、堪能させてもらいました」

と桜子が応じた。

「見応えのある打ち合いにございましたな」

と道場主の高島東左衛門の感想がすべてを表していた。

「杏奈、道場破りどのと小龍太どの、桜子さんのご両者を母屋に通しなされ」

と命じた東左衛門が道場から姿を消した。

「それがし、総町年寄の母屋に招かれたがなんぞ不快な所業を為したのか」

と本屋敷が小龍太と桜子の顔を見ながら問うた。

「不快な所業どころか、道場主が申されたとおり、見応えのある東軍無敵流にござった」

「とするとなんぞ褒美でも出るか」

「それはどうか分かりませぬがな。本屋敷どの、そなたの昨夜来の行動、薩摩藩に知れると厄介極まりないことになりましょうな」

「なに、それほどの行いであったと言われるか」

「たとえて申さば、われらふたりの長崎到来によって薩摩藩は火を点けられ、そなたの変心によって油を注がれた。薩摩は黙っているわけにはいきますまい」

「そうか、さような所業であったか。ううーん」

と唸った本屋敷大五郎が、

「母屋にはこのまますぐに参らねばならぬか」

「なんぞ急用がありますかな」

「いや、母屋に招かれた以外にはない」

「ならばなにを」

との小龍太の問いに、

「昨日、江戸からの船を下りる前に朝餉を掻き込んで以来、なにも口に入れておらんのだ。なんぞ食べるものはないかのう」

との本屋敷大五郎の言葉を聞いた杏奈の呆れ顔が笑いに変わり、

「小龍太、桜子、このお方と台所で食事をしてから母屋に参られませ。伯父には私から断っておきます」

と言った。

「わたし、腹を空かせた本屋敷大五郎さんと打ち合いをしたのね。これで心身万全ならば、わたし、幾たび道場に転がされていたことか、危ないあぶない」

「桜子さんや、これまでの来し方で心身万全など一向にないでな。最前の打ち合いがいつものそれがしの技量にござる」

と応じた本屋敷が、

「総町年寄を待たせてもなりますまい。台所に参り、朝餉を早々に頂戴致しましょうか」

とふたりに催促した。

小龍太も桜子も呆気に取られて返答する余裕もないまま高島家の母屋の台所へ本屋敷大五郎を案内した。

半刻後、朝餉と昼餉を兼ねた食事をとった三人は高島家の奥座敷に通っていた。

小龍太と桜子は、この異国の調度や絵画に囲まれた奥座敷を承知していたが、本屋敷大五郎は、呆然と南蛮風の飾りつけの座敷を眺めて、

「異国におるようじゃ。大したものじゃな」

と独語（どくご）した。

「本屋敷どのと申されましたか。体付きは小柄ですが、肝（きも）はなかなか太うございますな」

と東左衛門が言い、

「まずはお三方、お座りなっせ」

と円卓を囲んだ椅子を勧めた。

「昨夜来の経緯は姪からもうちの探索方からも聞きましたと」

と今さら説明の要はないことを告げた。

「まず大河内小龍太どのと桜子さんについて、私の考えを申し上げます。よろしいかな」

との念押しに小龍太が首肯した。

「桜子さんの父御を殺害したのが薩摩藩江戸藩邸の者か、あるいは別人かは推量しかできませんと。はっきりしていることは、父御が、死の前に、『丸に十の字』

と呟いたのを娘の桜子さんが聞いたことですな。そして、その数日前、父御が薩摩の江戸藩邸の家臣を猪牙舟に乗せたらしいことも分かっておりますな。ここまではよろしいか、桜子さん」

「はい。間違いございません」

「桜子さんは父御に『丸に十の字』がどのような意味を持つか聞かれなかった」

「はい。お父つぁんは仕事で知った話は、とくにお武家様の言動は決してだれにも、娘のわたしにも話すことはありませんでした」

「父御を殺したのが薩摩だとしたら、父親が娘になにかを話したに違いないと考えておる。一方、桜子さんはなにも知らぬまま、ただ江戸を離れろと言われて私の昵懇の知り合い、江戸の魚河岸を仕切る江ノ浦屋五代目彦左衛門様に相談した」

「はい。江ノ浦屋の大旦那様には幼い折りから可愛がっていただき、ただ今では」

「そなたの親代わりですな」

との東左衛門の問いに桜子は首肯した。

「こたびの一件も大旦那様の計らいで神奈川湊に停泊していた長崎会所所有の上

海丸に乗せてもらい、長崎まで参りました」

「じゃが、長崎も安全なる場所ではなかった。うちの肥前丸が江戸へ出た折り、帆方の亀五郎が薬研堀の大河内家に、そなたらふたりの文を届けに行った。その帰路、何者かに亀五郎は捕まり、そなたらふたりの居所(いどころ)を聞き出すために惨い呵責を受けた。が、亀五郎は口を割ることを拒んで舌を噛み、自裁した」

「はい、そう杏奈さんからお聞きしました」

「そなたの父御の死と亀五郎の自裁に薩摩藩が関わっていると思われますかな」

との問いに沈思した桜子が、

「わたし、なんら証しは持っておりません。ですが、ふたりの死はわたしたちふたり、大河内小龍太とわたしの行動に関わりがあるように思えます。諸々思案しますとお父つぁんと帆方のふたりの死と薩摩とは深い因縁(いんねん)があるのかもしれない」

桜子はこのとき、小龍太とともに父広吉のあだ討ちを果たした相手、百面相(ひやくめんそう)の雷鬼左衛門(いかずちきざえもん)という謎の悪党のことを思い出していた。しかしこのことは他言無用、猪牙強盗の捕物(とりもの)中の死として片付けられた。あの鬼左衛門が薩摩の意を受けた者だったのか、あるいは、鬼左衛門は父殺しの下手人ではなかったのか、と考えたが桜子には真偽はつけられなかった。

「いかにも確かな証しはない。だが、昨夜の騒ぎを考えてご覧なされ。ここにおられる本屋敷大五郎どのの話から薩摩が動いたことは明らかです」

と東左衛門は本屋敷を見た。

「なんと、それがしが加担した騒ぎでは、すでに何人もが死に見舞われておるか」

と本屋敷が愕然として呟いた。

「そういうことです」

「それがし、長崎の薩摩屋敷に戻らずこちら長崎会所の総町年寄の道場に転がり込んで、やれ安心と思っておったがそうではないか」

「本屋敷どの、長崎会所もそれなりの力は有しております。ですが、西国の雄藩薩摩国島津家は、そなたが江戸から乗船してきた琉球船を始め、大筒を備えた大型帆船を所有しております。薩摩と長崎会所がぶつかり合うのは最後の最後、そうなれば大戦(おおいくさ)は避けられず、公儀も手の出しようがありません」

と高島東左衛門が言い切った。

「それがし、この道場にいても安全ではないのか」

「早晩、薩摩の面々がうちに来ましょうな」

「うーむ」

と唸った本屋敷大五郎が、

「そなたら、どうする」

と小龍太と桜子に聞いた。

「おふたりですかな。旅に出られます」

と東左衛門がふたりの代わりに返事をした。

「長崎でも駄目となると江戸に戻るか」

「いえ」

と本屋敷に応じた東左衛門が首を横に振り、

「薩摩も知らぬ異国へ出かけるしか策はありますまい。そうですな、半年ほどの航海になりましょうか」

と小龍太と桜子が知らぬ予定を告げ、

「よかでっしょ」

と先ほどから黙り込んでいたふたりに質した。

「この長崎に迷惑が掛からず、われらも安全に過ごせるならば、どこへでも」

「今は行き先を知らぬがよかろう。また、おふたりが無事に長崎に戻ってきた折りには、この半年の旅は忘れてくれんね」

と高島東左衛門が命じた。

小龍太は桜子を見て互いの胸のうちを察し合った。

「異国への旅はいつ出立ですかな」

「仕度にひと月以上はかかります」

「承知しました」

小龍太の潔い返答を聞いた本屋敷が、

「それがしはどうなる」

「そなたも異郷に参られますかな」

「それがし独り、長崎に残されたらどうなる」

「早晩、この道場に薩摩が押しかけますと最前申し上げました」

「それがしもこのふたりの供を致す」

「ほう、そなたも異国に逃れる。ようございましょう。半年分の賄い賃および船賃を頂戴致しましょう」

「ふたりも金を支払うか」

「いえ、このおふたりは長崎会所の正客様、そなたは見かけだおしの道場破りに過ぎませぬ。杏奈、船賃はいくらやったろうか」

「オランダ金貨で百二十五枚です。小判にして」

「金貨だ、小判だと、それがし、一分すら持っておらぬ」

「なんですと、異国への船賃をお持ちでない」

と言った東左衛門が、

「船はひと月以上後に出立と申しましたな。それまでに工面を願いましょうかな」

「道場の掃除ではダメか」

本屋敷大五郎の返事にその場の全員が無言を貫いた。

長い沈黙のあと、東左衛門が、

「江戸からの船中、見聞きしたことを克明に思い出してくだされ。そしてどのような些細なやり取りも認めてくだされ。私が読んで満足したら、このおふたりの従者として三檣帆船上海丸に無料で乗船させましょう」

「おお、それがしの見聞が船賃か。それがし、目端は利くほうでな、総町年寄どのの満足を得るように努めるぞ」

「ただし、こちらの胸のうちを忖度しても虚言はすぐ分かりますでな」

と応じた東左衛門が杏奈に、

「内蔵にこのお方の筆硯紙墨と机と夜具を仕度せんね」

と命じた。

「食い物は大丈夫か」

と気にする本屋敷に東左衛門は、

「食い物は三度三度届けさせますたい」

「いつから仕事を始めるな」

「ただ今からです。杏奈に従いなされ」

そして、杏奈に連れられた本屋敷大五郎が奥座敷から姿を消した。小龍太が、

「総町年寄どの、航海中、本屋敷どのが見聞きした薩摩の言動を記録して今回の騒ぎの証しのひとつとなさいますかな」

「まあ、そんなところです」

と平然として東左衛門が答えた。

本屋敷大五郎の覚え書きは成果があったかどうか、高島東左衛門は小龍太と桜子になにも言わなかった。そのうえ本屋敷の姿が高島家の敷地から消えていた。

ふたりは高島道場で門弟衆に稽古をつけ、また両人だけの香取流（小龍太は心のなかではもはや大河内流と考えていたが）の棒術稽古にひたすら没頭して、冬の始まりの日々を高島家の敷地内で過ごしていた。

杏奈からこたびの異国交易の旅が長崎会所始まって以来の大掛かりなものだと折り折りに聞かされたこともあった。だが、杏奈はその大規模な交易がどのようなものかまでふたりに話すことはなかった。もっとも聞かされたところで小龍太も桜子も理解がつかなかったろう。

四

この日の朝、高島道場には小龍太と桜子の姿しかなかった。

不意に高島道場の表が騒がしくなり、杏奈が五人の武家方を伴って道場に姿を見せた。

何者か、ふたりが杏奈に尋ねなくとも相手の正体は知れた。薩摩藩の御家流儀の東郷示現流独特の木刀、いや、木刀と呼ぶより荒削りな棒(ぼっと)を携えた者がふたりいたからだ。

小龍太は過日、寺町の大音寺の門前でふたりを襲いきた剣術家たちの指揮をとっていた面体を隠した人物がこのなかにいると察していた。初めて素顔に接したが、見覚えのある四(よ)つ横槌(よこつち)という家紋と体付きで分かった。

「薩摩の面々がわれらふたりになんぞ用かな」

「本屋敷大五郎なる者が高島道場に潜んでおるとの探索方の調べで参った。あやつの身柄をこの場に引き出さんね」

と小龍太の問いを無視していきなり命じた。

「まず名乗られよ。他家の道場に土足で上がる礼儀知らずは田舎侍(いなかざむらい)の薩摩の習わしか。さようなことは三(み)つ子(ご)でも承知じゃぞ」

との小龍太の詰問に、

「薩摩藩長崎蔵屋敷用人頭、東郷庸左衛門正嗣(とうごうようざえもんまさつぐ)」

と声高に名乗った。

「東郷どのか、見てのとおり高島道場にはそれがしと桜子の両人しかおらぬ。本屋敷なる者はなにを為したのかな」

「そのほうに告げる要はない」

「ほう、過日、大音寺の山門前でわれらを襲った剣術家の一統を指揮していたのは東郷庸左衛門正嗣、そのほうであったな。本屋敷某は剣術家の一人であったかな」

「承知ではないか」

「ともあれ高島道場に訪ねてくるのはお門違い、薩摩藩のお屋敷を調べなされ」

「おのれ」

と罵った東郷に、

「あの夜の剣術家の面々、どうなったな」

と小龍太が質した。

「技量不足により放逐致した」

「薩摩藩島津家では浪々の剣術家を江戸で雇い、長崎に於いて人殺しを企てなさるや。徳川家斉様の御台所様は薩摩の生まれであったな。公儀に知られればそなたら、腹をかっ裁くことにならぬか」

「貧乏旗本の部屋住みが余計な節介を為すや」

「ほうほう、わが家を承知か。薩摩藩長崎蔵屋敷の用人風情に貧乏旗本と評されずとも、とくと承知しておるわ。そのほうら、なにゆえ東郷示現流の棒切れを携えて当道場に踏み込まれたな。返答次第ではただで帰すわけにはいかんな」

木刀を握ったふたりが、すすっ、と小龍太の前に出た。

「桜子、こやつらのひとり、そなたが始末せよ」

と小龍太が桜子に命じた。

「若先生、物足りのうございます」

と桜子が言い放った。

小龍太も桜子も薩摩の面々を怒らせようとわざと不躾な雑言を放っていた。

「用人頭、こんふたりは叩き殺してよかな」

と武骨な木刀を顔の横に高々と突き上げたひとりが念押しした。

「構わん、長崎会所の総町年寄など何事かあらん」

と言い放った東郷用人頭の言葉にふたりめも東郷示現流の木刀を突き上げて構えた。

右蜻蛉と称する示現流独特の構えだった。むろん右蜻蛉があれば左蜻蛉もあった。この構えから地面に立てた立木を連続して打つ「続け打ち」を「朝に三千、夕べに八千」回も繰り返すのが薩摩の古人の習わし、修行法だ。

小龍太と桜子が手にしていた六尺棒をそれぞれ構えた。

父親の広吉が薩摩藩の家臣に殺されたのは真かもしれないという思いが桜子の胸中には沸々と生じていた。その怒りを鎮めるといつものように六尺棒を下段に置いた。


「叩き殺せ」


との東郷の命に木刀を突き上げていた両人が踏み込んできた。

上段からの木刀の振り下ろしに対して、桜子の六尺棒は一見ゆったりとした動きで弧を描いて相手の胴に巻き付くようにして倒し、小龍太の棒はその先端がひとりの喉元を突いて後方に飛ばしていた。

一瞬の勝負だった。

それを見た仲間のふたりが鍔(つば)の小さな薩摩拵えの刀を抜くと六尺棒を構え直した小龍太と桜子に攻めかかろうとしたが、このふたりも道場の床に突き飛ばされ転がされた。

これまた寸毫の立ち合いだった。

気がつくと道場の隅に道場主の高島東左衛門と見知らぬ異人がふたりいて、その傍らから杏奈が小龍太と桜子の棒術について説明していた。

「東郷様、ご覧のとおりにございます。その四人の者、うちの駕籠に乗せてお屋敷まで送らせましょうかな」

と高島東左衛門が言った。

東郷はぶるぶると体を震わしていた。

小龍太が気を失ったふたりの薩摩藩家臣の襟首を掴んで道場の表口まで運んでいき、放り出した。残りのふたりはなんとか自力でよろよろと道場から出ていった。床に転がった二本の木刀を見た小龍太が、

「これはどうなさるな」

と東郷に問うたが無言で道場から出ていった。

木刀二本を壁際に移した小龍太と桜子が何事もなかったように棒術の稽古を再開した。

その模様を年配の異人が興味深げに見ていた。

ふたりの棒術の稽古が昼前に終わったとき、異人ふたりは杏奈と異国語で問答していた。

「小龍太、桜子、お引き合わせしておくわ。こちらのふたり、出島のお偉いさんよ。商館長の補佐方とオランダ交易船の統領よ」

と小龍太と桜子が異人の名を覚えきれないと考えたか、職階だけを告げた。

ふたりは異人に会釈した。それ以上のことはなにも出来なかった。すると相手方は小龍太の手を握り、桜子には片足を引いて一礼した。

「手を握ったり抱き合ったりするのはオランダ人の挨拶と思って」

と杏奈が言い、商館長の補佐方がいささか興奮した体で話し始めた。

長い話になった。すると杏奈が強引に補佐方になにかを告げて、黙らせると、

「およそ感じでなにを言っているか分からない」

「杏奈、わたしたち、異人の言葉なんてひとつも分からないのよ。察しもつかないわ」

と桜子が言った。

「もう忘れたの。最前、あなたたちふたりが薩摩っぽ四人をあっさりと退治したでしょ。あのことを、ふたりの棒術の玄妙さを褒めているのよ。いちいち訳す話でもないわね」

「なに、この両者、薩摩者との遊びを見ておったか」

小龍太の言葉を訳すと、異人たちがなにかを言いながら手を叩いて喜んだ。

「小龍太が薩摩っぽ相手に戦ったのではなく遊びだと言ったことに大喜びしてい

るのよ」

「杏奈、言葉の綾だぞ。われらの棒術に異人さん方が関心を持つとはな。オランダ帆船には大筒も据え付けてあり、剣付き鉄砲も無数に積んでいよう。われらにはそちらのほうが驚きだぞ」

「そこよ、オランダ人たちも剣術の稽古は出島でもしているの。だけど、棒一本でのあのような技は鉄砲よりも驚きなのよ」

「そんなものか。杏奈、いつの日か、オランダ人の剣術を拝見できぬかと言うてくれぬか」

「あら、そんなこと言うとこの人たち、本気にするわよ」

「それがし、冗談でさようなことは言わぬ」

「ならば伝えるわね」

杏奈の訳が終わるか終わらないうちに、オランダ交易船統領が小龍太の上体に両腕を回し、強く抱き締めると耳元で喚いた。むろん小龍太にはなにを訴えているのか理解がつかなかった。

「フェリッペはオランダ人じゃないの、南蛮人、イスパニア人よ。オランダ人より陽気で素直なの。必ずやわが船の水夫たちにそなたの棒術を見せると言っているわ」

ようやく両腕から解放された小龍太が、

「それがしも楽しみにしておる」

と答えたとき、長崎会所の駕籠が二挺(ちょう)ついた。どうやらふたりの異人は御忍(おしのび)駕籠に乗って出島から長崎会所に訪ねてきたようだ。ということは長崎で異人と付き合うには、それなりのやり方があると察せられた。

出島の両人の見送りに小龍太と桜子も敷台まで出た。するとフェリッペが桜子を抱き寄せると両の頰(ほお)に口づけをした。

「異人はなんでも手早いな」

と小龍太が感心した。

「小龍太若先生、わたし、抱き寄せられたのよ。若先生は嫉妬しないの」

「なに、あれは嫉妬すべきところか」

とふたりの問答を聞いた杏奈が笑い出し、

「頰への口づけもまた南蛮人の挨拶なの。私たちが頭を下げ合うのといっしょよ。男同士でも抱き合って互いの信頼の気持ちを確かめ合うの」

と言った。その間に高島家から御忍駕籠が出て行った。それを見送りながら、

「男同士でもか。われらが異国を訪ねるとあれこれ変わった風習が待ち受けておるか」

と小龍太が得心し、

「ともあれ、われらが出島に入ることはできないのであろう。ということは当分異人の剣術を見ることはできぬな」

と言い添えた。

その言葉を杏奈がしばし沈思していたが、

「おふたりには話しておくわね」

「なんぞ聞き置くことがあるかな」

「これから言う交易話は長崎奉行所にも江戸の公儀にも極秘に進められてきた話なの。おふたりさんがさような一件には関わりたくないというのであれば、そう言ってほしい」

桜子と小龍太は顔を見合わせた。

「杏奈、その交易にわれらが同行するのではなかったか」

「そうよ。だから交易になど関わりたくないのであれば異国にはいけないわ」

「いや、異国交易の旅はそれがしも桜子も楽しみにしているぞ」

「ならば見て見ぬ振りをしてくれればいいのよ」

小龍太はしばし黙ったあとで、

「それがしも桜子も微力ながら交易の手伝いをしたいのだ。長崎会所が初めて挑む大切な異国交易ならば少しでも承知したうえで加わりたい。どうだな、桜子」

「わたしも小龍太さんの考えに賛成よ。杏奈、話せるところまででいい、話してくれませんか。わたしたち、江戸に帰ってもこの交易の旅については決して口外しないわ」

と桜子も言い切った。

ふたりの返答に大きく頷いた杏奈が、

「こたびの交易は長崎会所にとってこれまでにないほど大きな商いになると言ったわね。

いいこと、長崎会所からは二隻の帆船を出す。長崎を出て、唐人の国清国の上海から始まって交趾(コーチ)(ベトナム)、バタビア、シャム(タイ)、天竺(インド)など半年から八か月はかかるとみている」

なんとも壮大な交易だった。ふたりは杏奈から借りている地球儀を思い出し、杏奈が口にした国名や地名を必死であの球体の上に見つけようとしたが半分も分からなかった。

「大変な交易の旅のようだな。生きて帰れる証しはないな」

「小龍太、南蛮人やオランダ人はもっと遠い地まで旅をしているのよ。私たちが出来ないわけはない」

杏奈が言い切った。

「杏奈、そなた、最前、長崎会所からは二隻の帆船を出すと言ったな。一隻はそなたの父御がカピタンを務める上海丸かな」

杏奈が頷き、

「上海丸はただ今上海の造船場に入り、より長い航海に耐えられるよう手入れや補強をしているわ」

「心強い」

「父がその言葉を聞くと喜ぶわね」

「もう一隻はなんだな」

「上海で新造している帆船よ。船名は長崎一丸(ながさきいちまる)よ」

「長崎一丸か、悪くない。まさに長崎会所の船だな」

小龍太の言葉に杏奈が頷き、

「カピタン・リュウジロの判断次第だけど、長崎一丸のカピタンも父が務めることになるかもしれないわ」

「杏奈、カピタン・リュウジロは二隻の船長に就くのか」

「こたびの交易を束ねる船長はおふたりとも承知よね」

「われら、知らぬぞ」

「最前会ったばかりよ、南蛮人のフェリッペ・ディオス・エスティバンがその船長、つまり統領なのよ」

「待て、待ってくれ。フェリッペはたしか出島のオランダ帆船の船長であろうが」

小龍太の疑問に杏奈がしばし沈黙で答えた。

「どういうことか」

と小龍太が念押しして問うた。

「わたし、なんとなく察しがついたわ」

とかような話には口出ししない桜子が不意に言った。

「桜子、察しとはどのようなものか」

「こたびの交易にはオランダ商館が加わっているのね。長崎会所とオランダ商館が組めば交易の規模が格段に広がるはずだもの」

「桜子、お見事よ。そう、こたびの交易はオランダ商館と長崎会所が何年も前から企てていた大交易よ。オランダ側も二隻の大型帆船を出す。四隻に乗り組む水夫らは三百人を超えるわ。元手も利益もオランダ商館と折半よ。交易の規模も航海も私たちにも想像がつかない。とはいえ、異国交易には数多くの危険が伴う。嵐で一隻が沈めば利は消え失せる。それに異国の海には、紀伊沖の海賊とは比べものにならない大型の帆船に乗った手強い海賊どもが待ち受けている」

「そんな交易船にわたしたちも加わるのよね」

「そうよ、桜子。長崎奉行所にも公儀にも決して知られてはならない交易ということを分かってくれたかしら」

　杏奈の問いにふたりが頷き、小龍太が、

「本日会ったオランダ商館長の補佐方とフェリッペどのは、長崎会所との密談のためにこちらを訪れていたのか」

「それもあるわ」

「ほかになにがある」

「小龍太と桜子の棒術の技量を確かめにきた。この交易航海中、おふたりの出番があると両人は幾たびも繰り返し言っていたわ。私もそう思う」

「なんとのう。江戸の柳橋の猪牙舟の娘船頭と香取流棒術道場の跡継ぎが異国交易の末席に加えてもらったか」

「小龍太、末席どころじゃないわ。おふたりはこたびの交易船四隻の船乗りたちに棒術を指導する武術師範よ。積み荷を守る用心棒でもあるの」

「なんとも途方もなき話になったぞ、桜子」

「わたしたちはさだめに従って生きるしかないはずよね。だったら決して拒まない。受け入れて戦い、積み荷とみんなを守ってみせるわ」

と桜子が言い切った。


江戸の薬研堀。

仲冬の宵にちらちらと雪が舞っていた。すると難波橋の下から一艘の猪牙舟が姿を見せた。船頭はすっかり船宿さがみの印半纏が身に馴染み、桜子が留守の間、北町奉行小田切直年の鑑札を付けた桜子の猪牙舟を親方の許しで預かることになったヒデだった。

気配を感じたヤゲンが雪のなか大河内家から飛び出してきた。そのあとを隠居の立秋老がしたがっていた。

「ご隠居、どこぞから文は来ませんか」

「来ぬな」

「ふたりして肥前長崎などと遠い地に行ったもんだな。今宵はよく冷える。夢でもいい、ふたりの元気な姿を見たいやな」

「歳をとると夢しか見んようになる」

「いいな、年寄りは。おりゃ、小龍太さんと桜子さんの夢も見ねえよ」

「それがな、朝になるとすべて忘れておるわ」

大河内立秋は、

（わしが生きておるうちに長崎から戻ってこい）

と願っていた。

第五章　出合い

一

長崎の冬の賑わいは、元禄二年（一六八九）以来、唐人屋敷の冬至の催しに尽きた。「囲い」のなかで故国の風習、冬至の祝いが賑やかに行われるのだ。

冬至は古代中国において最も早く確立された重要な節気であった。唐人にとって冬至は身分も貧富の差も越えて飲み食いする日、

「肥冬痩年」

冬至に贅沢して肥え、正月には節約して痩せると称された。

異郷の地、長崎でも唐人たちは一陽来復の節目として冬至の日を祝った。いつしか唐人屋敷近くに住む長崎人もこの風習を真似て一陽来復を祝うようになった。

長崎の町屋では善哉餅（ぜんざいもち）を作ったが唐人に倣ってカンザラシ粉を使った。

長崎の古い川柳（せんりゅう）に、

「あす冬至　唐の質屋の　忙しさ」

と称されたくらい唐人も長崎人も出費を惜（お）しまずドンチャン騒ぎを繰り広げた。

唐人の冬至の大騒ぎに便乗したのが出島のオランダ人だった。

オランダ冬至と呼んで降誕祭（クリスマス）を祝おうというのだ。オランダは新教であったが、出島では一切の宗教的行事は禁止されていた。このオランダ冬至が実はキリスト教徒にとっていちばん大事な宗教的儀式の降誕祭にあたるとは、長崎奉行所の役人は知らなかった、あるいは知らない振りをして見逃してくれた。公（おおやけ）にすると自分の利益に反したからだ。長崎奉行を務めると三代は潤うと言われるほど余得の多いお役目なのだ。


オランダ冬至を出島で祝う折り、商館長以下正装して日本人を含む招待客を迎え入れた。奉行所の役人も唐人節句と同様のものと受け止め、飲み食いしてオランダ冬至、その実、降誕祭を祝った。

オランダ冬至のあとにやってくるオランダ正月の祝宴には、長崎奉行所の上級役人や出島乙名、オランダ通詞、関わりのある交易商人、職人、小者たちが石橋

を渡って出島に入っていった。商館長の広間に通された和人たちが威儀を正して、

「謹んで貴国の新年をお祝い申しあげます」

と賀詞を述べると、商館長から祝儀が出た。

長崎会所のオランダ通詞の杏奈も亭主のドン・ファン・ゴンザレス・デ・マケダもむろん招かれていたが、なんと小龍太と桜子の両人も同行を許され、初めて出島に上陸した。まさかかように早く出島を訪れる日がくるなどと予測もしていなかったふたりは、杏奈が用意していた異人の晴れ着を着せられて、小龍太は帽子まで被せられた。

杏奈の命のままに正装したふたりを杏奈が見て、

「ふたりして異人並みの背丈があるから、堂々としてよく似合っているわ」

と褒めてくれた。

「杏奈、ひらひらした衣装、頼りないわ。なんだかわたしじゃないみたい」

「私の言葉を信じなさい。出島のオランダ人から踊りの相手を所望されるわよ。間違いないわ」

「えっ、踊りの相手ってなに」

「桜子、ヨーロッパでは男女が手を取り合って踊るの。オランダ正月は楽人が賑

やかに珍しい楽器を奏で、男女が音曲に合わせて踊る、お祭りなのよ。オランダ人から誘われたら拒まないで付き合って踊りなさい。いいわね、小龍太」

杏奈は小龍太に桜子がオランダ人の男性と踊ることの許しを乞うた。

「オランダ正月がまだよく分からんのだ、返答のしようがないぞ。それよりそれがし、刀はどうしたものかな」

「そうね、長崎奉行所の役人衆はいつものように羽織袴に大小を携えているわね。小龍太も大刀を手にしたほうが貫禄がつくわ」

と言い、小龍太は洋装に刀を差した形をした。

飾り立てられた交易帆船が多く停泊する長崎港を見ながら一行は表門の石橋を渡り、出島でいちばん広いという商館長の大広間、宴の場に入った。

なんとも美しい光景に桜子は絶句した。

大広間の玻璃窓から「ハタ」と呼ばれるケンカ凧が上がった稲佐山が望めて、ふたりは異国にいる錯覚に落ちた。

オランダ正月には格別の儀式などはなく、ふたりが初めて見るオランダ料理と葡萄酒、甘味、果物などがふんだんに置かれた円形や長方形の大きな卓を囲んでいきなり会食が始まった。

となれば異人も長崎人も区別などなく盛大に飲み食いして酔っ払った。

長崎人のなかにはオランダ人の食い物は滋養が多いというので、卓上の食い物を手際よく布に包んで、出島の門の外に待たせていた家人に投げ渡す剛の者もいた。

そうこうするうちに大広間の真ん中に異人たちが出島行の遊女を誘って踊り出し、杏奈もそのなかにいて交易船の統領フェリッペと向かい合って踊り始めた。

杏奈の踊りは、初めてみる桜子にも巧みな足さばきで上手だと分かった。なんと楽人の調べに合わせて軽やかに踊りながら顔を見合わせたフェリッペと談笑までしていた。そんな光景を桜子と小龍太が見ていると高島家の道場で商館長補佐方（ヘトル）と紹介されたオランダ人が桜子を踊りに誘ってきた。

「どうしよう」

「皆、酔っぱらっておるな。抱き合って踊れば済むことだぞ」

と小龍太が無責任なことを言い、桜子を踊りの場に押し出した。

「これがオランダ正月とな」

と独り言を呟いていると、ドン・ファンが葡萄酒を入れたガラスの器をふたつ持ち、ひとつを小龍太に差し出した。

「どうだな、オランダ人の宴は」

「酔っぱらえば和人も異人も違いはないな。いや、異人のほうが羽目を外して存分に楽しんでおるように見える」

「そういうことだ。小龍太、異国交易に出れば厳しいことばかりだ。だがな、港に着いて商いが済めばかような宴が待っておるわ。一日も早く船の暮らしに慣れて、旅を楽しむコツを覚えることだ」

「ドン・ファンどの、そなた、南蛮人であったな。そなたは踊らぬのか」

「それがし、ダンスより酒でござってな」

と侍言葉を真似て言うや、ぐいっと葡萄酒を飲み干した。

「小龍太、異人の剣術が見たいのでしたね」

「出来ることならば稽古がしてみたい」

「オランダ正月の祝いは今日だけだ。近々その機会をつくりましょう」

「本日はオランダ正月ゆえわれら格別に出島に入れたのではないのか」

「出島にいるのはオランダ人ばかりではない、もはやそんなことは承知ですね。いろんな国の人間が滞在しています。出島の住人がオランダ人だけと思い込もうとしているのは奉行所の役人だけ。裏と表、日陰と日向、出島の出入りにもあれこれ策はある。案じることはありませんよ」

とドン・ファンが言い切った。

「願おう」

そこへ杏奈と桜子が戻ってきた。

「見たわね、桜子はダンスのコツを直ぐに覚えたわよ」

「おお、見たみた。おふたりとも江戸の人間とは思えません。オランダ人のように楽しむコツを知っている」

とドン・ファンが言った。

「それがし、桜子が踊る姿を見る余裕がなかったな」

と小龍太が正直な気持ちを告げた。

「補佐方(ヘトル)の名はなんというの」

「桜子、大酒飲みのアレクサンドル・リンガーです。踊りが初めての桜子のほうがヘトルより上手に見えましたよ」

とドン・ファンが褒めた。

「お酒のにおいがすごいの。そのうえわたしの尻を触るのよ。あれも踊りなの」

「なに、あいつ、桜子の尻を触りましたか。よほど桜子が気に入ったかな」

「ファンったら、暢気なことを言わないで。リンガーに注意しておいて」

「杏奈、酔っ払いになにを言っても聞き入れないよ」

「素面のときによ」

「酒が抜けても桜子の尻を触ったことなど覚えていないでしょう」

「アアー、桜子、ともかく異人の男には気をつけなさい」

と言った杏奈が、

「小龍太にがつんと六尺棒で殴ってもらおうか。少しは反省するんじゃない」

「それがし、酔っ払い相手に棒など揮いたくないな」

「男どもは酔っ払いに甘いわね。いい、桜子、そんな折りは、その場でぴしゃりと手で頬べたでも叩きなさい」

と命じた。

オランダ正月の宴の場をドン・ファンに任せた杏奈は小龍太と桜子のふたりを出島の荷揚場水門へと誘った。するとそこに異国の小舟が待ち受けていた。

「待たせたわね」

と若い船頭に声をかけた。すると船頭が首を横に振って杏奈に答えた。頷いた杏奈がふたりに、

「成一は、耳は聞こえるとよ、生まれつきいっちょん口が利けんと」

と説明してくれた。

桜子は見ていた。

口が利けないという成一が両手に櫂を持って立ち漕ぎすると、小舟はすっと夜の海に出ていった。小舟ひとつにしても猪牙舟とは漕ぎ方が違っていた。海上から見るとオランダ屋敷の煌々とした灯りが塀越しにこぼれて、宴は続いているようだった。

「きれいだわ、長崎の夜の景色って」

桜子が思わず漏らし、

「江戸に帰りたくなくなったんじゃない」

杏奈が問うた。

「ほんのちょっぴりそんな気持ち」

「交易に行くとまた気持ちが変わるかもね」

「杏奈、酔い覚ましに夜風にあたりに来たのかな」

「小龍太、それもあるけど、本屋敷大五郎さんのことを説明しておこうと思ってふたりを誘ったの」

「おお、あの御仁、江戸から長崎までの琉球船に乗った折りに見聞きしたことを書き記す仕事を命じられておったな。どうであったな、本屋敷どのの眼力は」

「なかなかのものね。薩摩藩との駆け引きのひとつには十分使えるわ。ただし大五郎さんが薩摩の内情を書面に認めてうちに渡したことが知れると、薩摩に命を狙われる」

「いま本屋敷大五郎どのはどこにおる。交易に連れていくのであろうな」

　杏奈は小龍太の問いに首を横に振り、

「すでに大五郎さんは異国にいるの、上海に」

「なにっ、素早いな。うーむ、なにかあったのかな」

「あの御仁、琉球船での見聞録を認めたあとはうちの造船場に隠れさせていたの。交易の旅を前に少しでも船のことを承知していたほうがいいと思ってね。ところが大五郎さんたら退屈したのか、ふらりと町に出てしまったのよ」

「なんと危ないことを」

「そう、今の長崎では、特に薩摩相手には油断は禁物よ、おふたりが大音寺の前で襲われた折りの仲間に出くわしたんですって。幸い大五郎さんは相手に捕まる前に造船場に戻ってきて、このことを造船場の長に報告し、私にも伝えられた。

そこで厄介が広がらないうちに関わりの船に乗せて上海に送り出したというわけ。つまりおふたりより先に唐人の国に渡ったのよ」

「驚いたな」

小龍太は杏奈たちの迅速な判断と素早い行動力に驚嘆した。

「本屋敷さん、独りで異国に行くなんて考えもしなかったでしょうに。わたしたち、あちらで会えるのよね」

と桜子が問うと、

「あの御仁は私たちと縁があったということよ。そう、上海できっと再会できるわ」

と杏奈が言い切った。

「さだめには逆らえない」

「そういうことだ」

と言い合ったふたりは異国の地、上海にいるという本屋敷大五郎を思い出していた。

オランダ正月の賑やかな夜がゆるゆると更けていこうとしていた。

その夜、高島家道場の長屋に戻ったふたりは江戸に宛てて文を認めることにした。異国の交易の船旅に出れば、しばらくは文を出せないと思って杏奈に相談すると、

「そうね、長崎会所の関わりの船が江戸に向けて明後日に出港するわ。その船に載せる手配はできる」

というので江戸の薬研堀の大河内家の立秋老と魚河岸の江ノ浦屋五代目彦左衛門に宛てて、書状を認め始めた。

杏奈からは交易については一切記述しないでほしいとの注文がついた。そのうえで、

「そうね、長崎会所がオランダ商館といっしょに新たな交易を為すことに触れなければいいわ。ふたりが異国訪いの船に乗ると書くのはかまわない」

「われらの船旅が半年の長きに及ぶことを記していいかな。江ノ浦屋の大旦那やうちの爺様に長崎を離れることは告げておきたいのだ」

「それはかまわないと思うわ」

との杏奈の返事に長崎で見聞きした唐人の冬至やオランダ冬至、オランダ正月の模様を中心に認めようとしていた。

「うちの大先生は、われらが長崎でどのような日々を過ごしておるか想像もできまいな」

「出島の宴で食した南蛮菓子の美味しかったことをお琴ちゃんに伝えたいな」

「われら、この長崎でこれまで見たことも聞いたこともない食べ物や甘味について記したが、唐人屋敷や出島の大騒ぎなどはどれほど言葉を尽くそうとも江戸のみなには想像もつくまい。この上、半年も異国を旅したら、われらはこれからどうなるのであろうか」

小龍太の自問とも桜子への問いともつかぬ言葉に桜子もすぐに返答が出来なかった。

「わたし、長崎にいるだけで気持ちがひどく揺さぶられているわ。異国を訪れたらさらに驚かされるのかな」

「半年先のわれらの心持ちを想像すると怖い気もする」

「異国の旅がわたしたちの生き方まで変えるというの」

「江戸の暮らしに戻れると思うか、桜子」

「猪牙舟の女船頭にね」

と桜子が考え込んだ。

「それがし、薬研堀で爺様の跡を継ぎ、香取流棒術を門弟衆に教える仕事に以前のように満足できようか」

と小龍太も自らに問うた。

桜子も小龍太も口にはしなかったが、

（もはや江戸の暮らしには戻れまい）

と漠然と考えていた。

「さだめに従って、われら長崎に辿り着いた」

「異国へ旅するのもわたしたちのさだめなの」

「分からぬ」

と正直に答えた小龍太は、

「桜子、異国は長崎よりも強くわれらの生き方を揺さぶるであろうな。われら、同じ和国の長崎ですらかように戸惑っておるのだぞ」

「どうしたらいいの」

ふたりは文を書く手を休めて思案に暮れた。

「異国行きを止められるかしら」

「いや、それは出来まい。繰り返すが、異国では様々な出来事がわれらに降りかかるはず。そのような折り、これまでは、さだめじゃと己に言い聞かせて乗り越えてきた。これから起こる出来事や人との出会いのたびにわれらの生き方を問い直すのではなく、いったんはそのことを受け入れて、交易の船旅の帰路に桜子、向後のことを話し合うことにせぬか」

「江戸に戻って娘船頭の仕事をなすかどうか」

「それがしは棒術の道場に立ち、門弟相手に稽古をなすかどうか」

ふたりは答えのでない自問を繰り返していた。

ランプの灯りの下に書きかけの文があった。

父親代わりと言ってくれる江ノ浦屋彦左衛門や船宿さがみの猪之助親方や女将の小春にただ今の気持ちをどう認めれば理解してもらえるか、桜子は思い浮かばなかった。

「桜子、この数日、唐人の冬至からオランダ正月までわれらの来し方になかったことを数多知ったな。ひと晩休んで改めて明日、文を書こうではないか。江戸のわれらの身内や知り合いは、われらがなにを為しているか案じていようからな。交易の旅に出る前に正直な気持ちを伝えておきたい」

桜子は小龍太の言葉に頷いた。

文を書くのを中断したふたりは床に入り、長い一日を思い出していた。

ふたりが眠りに落ちたのはオランダの暦では正月二日にあたる、霜月十三日の夜明け前だった。桜子は寝に落ちる前に小龍太の呟きを聞いた。

「江戸の暮らしはなんだったのか」

二

翌日、江戸に宛てた文を認めたふたりは、高島家の道場に籠り、棒術の稽古に没頭した。そんな日々が幾日も続いた。迷いを振り切るためのふたりだけの稽古だった。門弟のだれもが、いや、道場主の高島東左衛門も師範の坂宮天龍も声も掛けられぬほど厳しいものだった。

師走に入ると、長崎赴任の西国大名の家臣たちは正月の仕度に追われるせいか、高島道場は師走から正月三が日まで休みとするのが習わしだった。

この日も小龍太と桜子が門弟のいない道場で朝からふたり稽古を続けていると、昼前、道場に杏奈が姿を見せた。小龍太が気付き、視線を向けた。

「この数日、稽古に没頭していたようね」

「冬至やオランダ正月で楽しむ日々が続いたでな」

と応じた小龍太に、

「私に付き合って」

と杏奈が誘った。

「普段着に着替えればよいかな」

「稽古着でもいいくらいよ。でも、外着に着替えておふたり得意の六尺棒を携えて」

「承知した」

四半刻後、口の利けない成一の操る舟は長崎港から内海に出て一枚帆を揚げた。舟は内海から西へと岬を回り、外海と思われる海上を陸地に沿って北西に進んだ。長崎港から一刻あまりで小さな入江に入っていった。

長崎を出て以来、帳面に向かって何事かを書き続けていた杏奈が顔を上げてあたりを見た。

「この界隈は外海と呼ばれる寒村なの。その昔、キリシタンが住んでいたと言われているわ。出島のオランダ人とは違う宗派、ヤソ教ね。今はいないと覚えておいて」

とふたりに説いたとき、成一の操る小舟は入江の奥に停泊する二隻の三檣帆船に接近していった。

一隻はふたりが見覚えのある上海丸だが、船体も帆柱もきちんと手入れがされているのが小龍太も桜子にも分かった。もう一隻は、上海丸よりもひと廻り大きなガリオタ型三檣帆船で、明らかに新造船だった。

「おお、長崎会所の交易船だな」

「大きいわね」

とふたりは言い合った。

「杏奈、カピタン・リュウジロはどちらの帆船で指揮をとるのだな」

「伯父の命で新造の長崎一丸で指揮をとることになったわ。ご両人も私も新造船に乗り込むわよ」

と小龍太の問いに杏奈が答えた。

杏奈の言う伯父とは長崎会所の総町年寄の高島東左衛門だ。

杏奈が長崎一丸に小舟を横付けするよう成一に命じた。

「これから荷積みするの」

「もはや七分どおり両船とも荷を積んでいるわ。残りの荷を積めば、二隻の出航の仕度は成る」

「オランダ帆船はどこにいるの」

「大坂から届く上方の荷を積み込んで数日後にはこの沖合で落ち合う手筈になっている」

長崎一丸の真新しい船体に垂らされた縄ばしごを杏奈が手慣れた様子で上っていった。桜子が六尺棒を小龍太に渡すと杏奈に続いた。二本の六尺棒を小脇に抱えて小龍太が縄ばしごに片手をかけると横にいた成一が六尺棒を摑んで、

「空手で上がり、途中で六尺棒を受け取り、船べりに伸ばせ」

と仕草で命じた。

「おお、承知した」

と空身で上った小龍太が縄ばしごの途中で成一から六尺棒を受け取り、舷側から顔を出した水夫へ渡した。

二本の六尺棒に続いて小龍太も真新しい主甲板へと船べりを飛び越えて立った。

「よう参られたな」

と舵場からカピタン・リュウジロが声をかけてきた。

「カピタン、世話になり申す」

「こちらこそ心強い両人の乗船、歓迎致す」

と応じた。

先に上っていた杏奈と桜子は出島のオランダ人か、初めて見るすらりとした体付きの年配の異人と何事か話し込んでいた。

カピタンが若い水夫の恭次郎を呼び、

「小龍太どのを船倉へ案内してこの船の様子をご覧に入れよ」

と命じた。

恭次郎と小龍太はまだ木の香が漂う主甲板下に下りた。

長崎一丸は上海丸の一・六倍の収容能力があると恭次郎が説明してくれた。左右の船倉の中央に走る廊下も階段も幅広かった。

砲甲板には両舷六門ずつの新型二十四ポンド砲がすでに設置されていた。改めて交易航海が危険な旅であることを小龍太に告げていた。片側だけで三十人余の砲手が要るということではないか。

「長崎一丸には何人乗り込むのだな」

「水夫だけで六十四人が乗っておりますと。カピタンや賄い方も入れると、八十数人の大所帯ですもん。長崎一丸と上海丸の二隻合わせると百五十数人が乗り込みますたい」

「大変な数だな、一隻の船に八十人もの人が乗り組むか」

小龍太が想像した以上の人数だった。

「エゲレスの軍船は水夫だけで五百七十人も一隻に乗り込んでいるげな。この水夫たちが交代で船を動かすと出島の出入りの衆から聞いたと」

「一隻に六百人近くの水夫か」

途方もない数だった。

「水夫のほかに兵だけで百数十人も乗っておるとか。合わせた数は聞き忘れたと。一隻に千人近く乗り込める軍船は長崎でも見られません。上海に行けば見られますと。こん船は交易帆船たい、水夫が砲手も兼ねるけん、まあ、こんな数ですもん」

と恭次郎が言った。

小龍太にとっては容易に信じられない説明だった。そこで目の前の長崎一丸の船倉に注意を向け直した。

「恭次郎どの、それがし、上海丸にも驚いたがこの長崎一丸はなかなかの交易帆船だな」

「長崎会所で所有する交易船でいちばん進んどって大きか船たい」

この若い水夫にとっても、いや、カピタン・リュウジロにとっても初めての大型帆船であり、大規模な陣容だった。

オランダ帆船二隻と合わせて四隻の交易船団は三百七十人ほどになると恭次郎が付け加えた。

時間をかけて船倉内を回ったがとても覚えきれなかった。

最後に恭次郎は小龍太と桜子の船室に案内した。船尾側の小部屋は幅の広い寝台が置かれただけの質素な造りだった。もはや小龍太と桜子は客扱いでないことが分かり、交易船団の一員になった気がして気持ちが落ち着いた。

主甲板に戻ると杏奈と桜子と話していた長身の異人の姿はなかった。

「師範」

と小龍太のことを舵場からカピタンが呼んだ。棒術師範ということだろう。いよいよ交易船団の一員だという思いが強くなった。

「どうやらオランダ商館の荷積みが遅れておるそうで、われらの二隻と落ち合うのは予定より遅れそうじゃ。オランダ商館にとってもかような大規模な荷集めは初めてのこと、致し方ございませんな」

とカピタンが言い訳した。

「最前杏奈と桜子が話していた異人さんはそれがし、知らぬ御仁ですね」

と小龍太が話柄を変えた。

「プロイセン人のアントン・ケンプエル医師ですと」

と言ったカピタンが、

「出島のなかではケンプエル医師はオランダ語でヘーア、エゲレス語でジェントルマンと呼ばれる物静かな士君子（しくんし）ですたい。なんとのう桜子さんに関心があるようで杏奈と話し込んでおりましたな」

「長崎は初めての桜子に出島の士君子がなんの関わりがあろうか」

「杏奈に聞いてみらんね。おお、そうや、師範と桜子さんに、異人の剣術を見物せぬかとの誘いかもしれんな」

「おお、それはなによりじゃ。ぜひ異人と剣術の稽古がしてみとうござる」

と小龍太が喜んだとき、杏奈と桜子が主甲板に姿を見せた。

「小龍太さん、すごい船ね。わたし、驚きっぱなしよ」

と桜子が上気した声で告げた。

「それがしも船倉を案内してもらったが、数日見てまわっても船内の独り歩きはとてもできぬな。われらの船室も見たがなかなかの居室であった」

「師範と桜子のふたりは背が高いからちょっと狭いかな。交易帆船は積み荷が主なの、我慢してね」

と杏奈が言った。

「いや、われらふたりには十分過ぎる居室であった。航海が楽しみになって参った」

「わたしもよ。長崎の暮らしに驚いてばかりいたけど、こんどは異国。頭がどうかなりそうよ」

と桜子が笑った。

「ケンプエル医師から明日にも出島を訪ねよと招かれたわ」

「やはりそうか。カピタンから聞いたぞ。楽しみじゃ」

と小龍太が早合点して喜ぶと、杏奈が、

「そろそろ長崎に戻るわよ。成一も待ちくたびれたわね」

と小舟で待つ船頭のことを気にした。

「カピタン、こんど三人が揃って長崎一丸に乗り込むのは、交易船出発のときね」

と父親でもあるカピタンに念押しして、三人は縄ばしごを下りて小舟に乗り込んだ。

夕暮れが外海に訪れていた。

成一は手慣れた動作で帆を張り、長崎への帰路についた。

「小龍太さん、この成一さんもね、交易船に乗り組みたいんですって。どう思う」

と桜子がいきなり尋ねた。

「成一どのは長崎会所の奉公人であろう。小舟の扱いを見ていても、なかなか達者ではないか。交易船の水夫として不足はなかろう」

との小龍太の返答を聞いた成一が満面を笑みに変えた。それを見た小龍太が、

「杏奈、それがしはこう思うが、それを決めるのはカピタンではないのか」

「カピタンには聞いたわ。そしたら師範の小龍太に聞けと言われたのよ」

「なに、それがしにか。われらふたり、異国交易どころか未だ長崎もほとんど理解していない余所者(よそもの)じゃぞ」

と言って小龍太が考え込んだ。

小舟の帆が風にばたばたと鳴った。

「こういうことを最後に決することができるのは、出島を造った出島町人の末裔にして総町年寄の伯父だけよ。このところ、伯父は香取流棒術の虜になって小龍太を信頼しているわ。カピタンは自分より小龍太の説得が利くと思ったのではないかしら」

杏奈は推測を述べた。

「さようなことがあり得るかのう」

と首を捻った小龍太が、

「成一どの、本気で交易船に加わりたいのかな」

と問うと成一が小舟を操船しながら、がくがくと頷いた。

「今晩にも総町年寄どのと話し合ってみよう」

と言い添えると成一が小龍太に合掌してみせた。

「それがし、杏奈に聞きたい。出島のケンプエル医師が桜子を出島に招いてくれたというのだが、どういうことか承知かな」

と小龍太は最前から気になっていたことを尋ねた。

「心配なの、小龍太。ケンプエル医師は、出島のなかでもいちばんの識者よ。商館の大半の人は金儲けしか関心がないけど、ケンプエル医師は和国や江戸の歴史や習わし、調度なんかにも詳しくて物静かな人物、そうね、学者を兼ねた医師で、なんといったっけ、エゲレス語ではジェントルマンだけど」

「へーアかな」

「あら、小龍太ったら、いつの間に異人の言葉を覚えたの」

「カピタンに聞いたばかりだ」

「そうなの、宴で酒に酔っぱらうより、自分の部屋にあれこれと書物や絵巻物を集めて仔細に眺めているような学者よ」

「そんな学者どのが初めて会った桜子に関心を持つとはどういうことかのう」

「ケンプエル医師は慎重な人物よ。私も幾たびも繰り返して尋ねたけど、なかなか自分の気持ちを話してくれないの」

「ケンプエル医師もオランダの交易船に乗り込まれるかな」

「いえ、別の若い医師よ。ついでに言っておくと、長崎一丸には和人の医師、菊池半月さんが乗り込むことになっているわ」

「出島の異人医師と和人の医師のふたりが乗り込む船旅か、安心じゃな」

「なぜケンプエル医師が桜子を格別気にするのか、今のところ分からないわ。だけど、桜子を含めて私たちはもうじき長い旅に出てしまうのよ。となればこの数日のうちに桜子に誘いがかかると思わない」

「われらが長崎に戻ってくる半年後にと、思っているのではないか」

いいえ、と杏奈が首を横に振り、

「慎重居士のケンプエル医師があれほどあれこれと桜子のことを問い質したのよ」

「どのような問いかな」

「それがね、江戸のどこに住んでいるかとか、父親のこととか姉妹はいるかとか、そんなことよ」

「異人の医師がそのようなことまで。それがしが申すのもなんだが、桜子はさような医師が関心をよせるような生い立ちの娘ではないと思うぞ」

「桜子は正直に話していたわよ。母御は桜子が三つのときに出ていき、以来、桜子はお父つぁんとふたりで暮らしてきたこともね」

「そうか、そのことを杏奈が訳して聞かせたか。医師はなんというておった」

「ただ頷いただけよ。南蛮人だと百倍もあれこれと喋るけど、プロイセン人は口が重いのよね。とりわけケンプエル医師は顔つきひとつ変えないんだもの。異人たちが江戸の役人たちを評して二本差しはなにを考えているか分からないと嘆くけど、私は同じことを医師に感じるわね」

「杏奈、桜子が身内の事情まで告げたのならば、もはやケンプェル医師の関心は消えたのではないか」

話の間に小舟にはランプが灯され、外海から内海に、そして唐人屋敷の賑わいが聞こえる長崎港に戻ってきて、

「成一、唐人の船着場に小舟を着けて」

と命じた。

「結局、本日は昼餉抜きになったわね。また唐人料理を食べない。どう桜子、小龍太」

「おお、喜ばしき案かな。結構けっこう」

「杏奈、わたしたち、長崎を訪れて唐人料理に魅せられたわ。オランダ正月であちらの食い物も食したけど、わたしたち、唐人料理に軍配を上げるな」

とのふたりの返答に杏奈が頷き、

「成一、おまえも私たちといっしょに唐人料理を食べるわよ」

と話しかけると、成一も腹を空かせていたか、にっこりと笑った。

その夜、三人が高島屋敷に戻ったのは南蛮の時計で夜の十時過ぎ、四つの刻限だった。すると総町年寄の高島東左衛門が待ち受けていて、畳の上に絨毯が敷かれた、いつもの円卓と椅子の奥座敷で向き合うことになった。

「なにか変事があったの」

と杏奈が伯父に問うた。

「いや、格別の変事はない。だがな、最前まで出島のケンプエル医師がそなたらの帰りを待っておったわ」

「えっ、私たち、外海で会ったわよ」

「そのようだな。明朝六つ半、午前七時に荷揚場に訪れよと丁寧にも門鑑を置いていったわ」

と出島乙名の焼印が捺された出島門鑑を見せた。

三人は顔を見合わせた。もはや桜子に対するケンプエル医師の関心は消えたかと思っていたが様相は違っていた。

「東左衛門様、それがし、異人の剣術家と稽古ができましょうか」

「そのための門鑑ではございませんかな」

「ならば必ずや参ります」

と応じた小龍太は、

「東左衛門様にひとつお尋ねしたきことがございます。本日、われらを外海まで送り迎えしてくれた長崎会所の奉公人、成一どのが交易船の旅に加わることはできましょうかな」

「なに、さようなことをあの者が大河内どのに訴えましたか」

と総町年寄の口調は険しかった。

「いえ、そうではございません。杏奈どのがカピタン・リュウジロどのに相談したそうですが、カピタンはそれがしが構わぬのなら乗船してもよいと申され、かくお伺いする次第でござる。僭越な申し出なればご放念くだされ」

小龍太の言葉を吟味していた東左衛門が、

「大河内師範は成一のこと、どう思われますな」

「われら、短い付き合いですが、巧みな船頭であり、よく気のつく働き者と判断致しました。口の利けないことなどなんの差しさわりもありますまい」

「ならば大河内小龍太どのと桜子さんの小者として交易船に加えます」

「おお、あり難き幸せにございます」

と小龍太は受けた。

長い一日が終わった。

三

翌朝、成一の小舟に乗って出島の荷揚場に着いた小龍太、桜子、杏奈の三人は石段に下りた。小龍太と桜子は稽古着姿で六尺棒を携えていた。オランダ船の荷を下ろして運び入れる場だ。長崎人の手で普請(ふしん)された、左右対称の扇形からこの水門は突き出していた。おそらく後年増築されたものだろう。

「成一どの、そなたは交易船の一員に加わることになった」

と小舟を下りる前に小龍太が告げた。

「ううう っ」

という呻き声が漏れて喜びが顔に溢(あふ)れた。

「成一、そなたの身分は棒術師範の大河内小龍太さんと桜子さんおふたり付きの小者よ、いいわね」

杏奈の言葉に成一が大きく首肯した。

荷揚場を入るとオランダ国旗が青空に翻(ひるがえ)り、右手には出入りの品を調べる検使部屋があった。門鑑を持った杏奈が先に立ち、出島を貫く大路を荷揚場とは反対側に案内していった。するといきなり牛の群れに三人は迎えられた。牛の世話をバタビアの少年がしていた。大路に沿って建てられた商館一階は倉庫で、二階が商館長らの御用部屋や大広間や食堂であった。

「出島にはいろんな生き物が暮らしているのね」

と改めて出島の日常の暮らしに桜子は目を見張った。なにしろ牛のほかにも七面鳥、孔雀、ダチョウ、鹿、山羊、犬、猫、鶏など、馴染みのある生き物から桜子には呼び名も分からぬ鳥や獣までが賑やかに同居しているのだ。

表門からの道に大路が交差し、三人の視界に畑が見えてきた。

「おふたりさん、出島には道場を建てる土地がないの、畑の一角を野外道場にしてあるわ」

と杏奈が言った。

畑には石造の日時計があって、「H・C・K」と刻まれていた。日時計の制作にヘルマン・クリスチャン・カステンスという人物が関わったからだと、杏奈が説明してくれた。

「おお、わが薬研堀の道場とよう似ておるわ。長閑でよいな」

と小龍太が感動した。

畑には薬研堀の拝領屋敷と同じように鶏が群れて餌を啄んでいた。そんな畑は出島の住人にとって実用を兼ねた憩いの場なのだろう。

野菜が植えられていない一角があって、四、五人の異人たちがのんびりと長剣を振り回して稽古をしていた。熱心とも思えない動きを見ただけで小龍太も桜子も剣術の技量の察しがついた。

杏奈がそんな異人たちに話しかけていたが、六尺棒を携えたふたりと稽古をしようという者はいないように見受けられた。

「桜子、致し方ないわ。われら、いつもの如くふたりで打ち合い稽古を致そうか」

と野外道場の一角で六尺棒を構え合った。

その途端、ぴりりとした空気が出島の野外道場を支配した。

ふたりは鶏が遊ぶ薬研堀の大河内道場を思い出しながら稽古を始めた。こうなるとふたりだけの稽古に没頭して時の経つのを忘れた。

小龍太は杏奈が畑から消えてふたたび姿を見せたのを感じて、六尺棒を引いた。

阿吽の呼吸で桜子も六尺棒を小脇に抱えて、小龍太に向かって一礼した。

「高島家の道場のほうがまだましかしら」

と杏奈が苦笑いした。

「われらはどこで稽古しようと一向に構わん。この出島の野天道場、悪くないぞ」

「ただ相手がいないということね」

「まあ、そういうことだ」

「ケンプエル医師に会ったの、杏奈」

桜子が杏奈に尋ねた。

「会ったわ。かれも忙しくしていてこちらには顔を出せないそうよ」

「怪我人か病人でも出たのかな」

「それがどうも違うのよね。表門から突き当たりに診療所があるの。ところがかれったら出島では唯一の松林がある海側の作業場の一角、アトリエと呼ぶ部屋に詰めて、なにごとか熱心に仕事をしているのよ。それでせっかく来てもらったのに申し訳ないが、もう一日、二日待ってくれと桜子に伝えるように頼まれたわ」

「えっ、ケンプエルさん、わたしにまだ用事があるというの」

「どうやら、そのようね。私もかれがなにをしたいのか、桜子になぜ拘るのか全く分からないわ」

「われらはこの野天道場で稽古をしながらその時を待つさ」

と小龍太がふたりに言いかけたとき、これまでふたりが会った異人のなかでもひときわ大きな男が姿を見せて、にこにこと笑いながら杏奈に話しかけた。手には革製の鞘に入った剣を携えていた。年季の入った武器を持つ人物はそれなりの剣の遣い手とみえた。

「小龍太、桜子、ジョージ・シーゲル・ワイオミングさんを紹介するわね。この出島でアメリカ人は珍しいの。先祖はエゲレスの出と聞いたわ。和国に関心をもつアメリカの役人さんと長崎会所では推量している。といってもこの出島では異人のだれもがオランダ人なんだけど」

と苦笑いしながら紹介してくれた。

ジョージがまず桜子を抱擁(ほうよう)し、何事か杏奈に告げた。

「桜子も棒術の先生も和人としては背が高いな、と感心しているわ」

と言った杏奈がふたたびジョージと何事か話し、

「手にしている剣は刃びきがしてあるそうよ。棒術の先生と稽古できぬかと願っている。私、かれの剣術の腕前なんて知らないわ」

「ぜひお願いしたい」

小龍太の返事にジョージが小龍太と握手を交わし、野外道場の長椅子に置かれた小龍太の刀にちらりと視線をやった。だが、直ぐに自分の携えてきた剣に注意を戻し、革鞘から抜いて小龍太に見せた。十字鍔の剣の長さは柄を入れて二尺三寸余か。刃びきをしてあっても凄みのある剣だった。

ジョージが杏奈になにか付け加えた。

「事実かどうかは知らないけど、何千年前のローマ人たちが使っていた剣だそうよ、アメリカの古道具屋で見つけたと言っているわ。まともに当てると棒が圧し折れると言っているけど」

「稽古であっても手を抜かんでほしいと言うてくれぬか。代わりの棒なんぞ出島でいくらでも探せよう」

と訳を願った小龍太は、最前まで長閑に細い剣を振り回していたオランダ人が野外道場の端に下がって、ふたりの打ち合いを見物しようとしているのを見た。かれらもジョージという人物の剣の力量は知らぬようだった。

両人は刃びきした古代の剣と六尺棒を構え合った。ジョージは片手に持った剣を突き出すようにして構えた。

間合いは一間だ。

なにか叫んだジョージが敢然と踏み込んできて豪剣を振り下ろした。確かにまともに受け止めれば木の棒などあっさりと叩き折られるだろう。

小龍太は剣の圧倒的な素早い動きを横手から巻き込むようにして減じると二の手を待った。

二の手、三の手と連続して繰り出された。それを六尺棒が柔らかに弾いていた。

鉄製の剣と六尺棒。

剛と柔。

一撃当たって棒が圧し折られることを見物の異人たちは期待する風情だった。だが、剛は柔に力を減じられて躱(かわ)されていた。

そんな打ち合いが延々と続き、ジョージの攻めの間隔があいた。

異人たちがいう三十分を超えたとき、ジョージは最後の攻めとばかり大胆に踏み込むと、剣を小龍太の脳天に振り下ろした。が、次の瞬間、横手に吹っ飛んで転がったのはジョージだった。

「おおっ」

と見物のオランダ人たちが驚きの声を上げた。

野外道場に転がったジョージが足を投げ出した格好で杏奈に言った。

「なぜこうなるかさっぱり分からん、と喚いているわよ」

「そうか、すまぬがそれがしに古代ローマ人とやらの剣を貸してはもらえぬか」

と願うとジョージか杏奈の訳を待たずに仕草で推量したか、剣を差し出した。

「お借りする」

と両手で受け取ると、

「なかなか重いな。この剣を片手で振り回すなどなかなかできぬ」

と漏らした言葉を杏奈が訳して伝えた。するとすぐにジョージが小龍太に告げた。

「小龍太、刀を使ってみせてくれといってるわ」

「ならばそれがしが香取神道流の基(もとい)の動きを披露しよう」

と言った小龍太が稽古着の帯に相州伝刃渡二尺五寸三分を落ち着けた。

しばし松林越しの空を見た小龍太の腰が沈むと同時に刃が弧を描いて光に変じ、虚空を切り分けた。そして、剣術の基たる、

「米」

の字の書き順に従い、ゆっくりと刃を揮って鞘に納めた。

「杏奈、伝えてくれぬか。『米』の字の上の二画から下のはらいの五画、六画の動きが剣術の基本の技なのだ。もう一度繰り返す」

と今度は小龍太の刃は迅速に動き、虚空に米の一字を描いた。寸毫の間でありながら六画の六技がそれぞれ雄大な業前になっていた。

ジョージは相変わらず野外道場の地べたに座ったまま小龍太の業前を見ていたが、

「パチパチパチ」

と手を叩き、

「ブラボー」

と叫んだ。

こんな風に出島訪問の一日目と二日目が過ぎた。

三日目の訪問では、ジョージに棒術の基を教え、ジョージは桜子と打ち合い稽古をなした。

桜子相手ならばなんとかなると思ったジョージはすぐに桜子の技量が並みではないと悟り、自分のほうから棒を引いた。そして、

「武術は力ではないな、技だ。長年鍛錬した技だ」

と杏奈の訳で正直な感想を小龍太と桜子に伝えた。

小龍太が大きく頷いたとき、ケンプエル医師が姿を見せた。

「サクラコ、待たせたな」

と片言の和語で許しを乞い、自分の仕事場アトリエへ三人を案内していった。

小龍太と桜子のふたりは海側の松が十数本並ぶ光景のなかに小さな木造の建物があることに気付かなかった。杏奈がアトリエと呼ぶ小屋のなかは整然としていた。部屋の正面の壁の中央に障子戸がある。向こう側に控えの間でもあるのだろうか。

「わあっ、いいとこね。ケンプエルさんの仕事場」

桜子の日本語が分かったか、医師がにこにこと笑った。

障子の左右の壁に画紙に描かれた風景画がびっしりと貼られていた。

「これは長崎港の光景だ」

と一枚目を指したケンプエル医師が言い、

「そうね、カピタン一行の江戸参府の光景だわ、長い旅路の一日目の模様ね。だってみんな疲れてないもの」

杏奈がよく承知の風景を言い添えた。

「この絵をすべてケンプエルさんが描いたのね」

　と桜子が推量した。すると杏奈が首を捻り、

「この医師が絵を描くとは聞いてないな」

　と言った。その杏奈の言葉にケンプエルが首肯し、

「私が描いたものではない。十数年前、オランダ商館に絵描きを志す若者が滞在していて、江戸までの宿場町や名所旧跡を描いたものだ。名はアルヘルトス・コウレル、その人物には私は会ったことはない」

　と訳した杏奈が、

「私も覚えがないわ」

　とケンプエル医師の言葉に言い添えた。

　三人は一枚一枚丁寧に描かれた素描(そびょう)を見ていった。

「ああ、これは長崎街道の日見峠(ひみとうげ)への七曲(ななまが)りよ、こちらは矢上(やがみ)の大楠(おおくす)だわね。うん、諫早(いさはや)の街道筋の光景もある」

　杏奈はもはや医師の言葉がなくとも勝手に指さして上気した口調で絵の説明をした。

　桜子は、神奈川湊からわずか十日余りの上海丸での航海を思い出していた。

「商館長一行の江戸の旅はかように陸路を江戸へと向かうのか」

小龍太も詳細な景色が描かれた絵の背後に徒歩(かち)の旅の苦労を重ねて思ったか、そう漏らした。

「小龍太、長崎を出た参府一行はまず長崎街道を行くの。長崎から江戸まで長崎街道で二十五次、山陽道(さんようどう)で五十次、東海道(とうかいどう)は五十三次あるわ。山陽道を小倉(こくら)城下の下関(しものせき)から船で瀬戸内を通って大坂沖に辿り着ければだいぶ楽になるわ。そうね、瀬戸内を船行だとおよそ四十日、すべて道中を徒歩で行くとなると三百三十二里あるのよ、五十日はかかるわね」

「杏奈、五十日って片道なの」

「もちろん片道よ。オランダ商館長一行は参勤交代の大名家の行列のように大人数ではない。乗り物に乗せられて長崎と江戸の往復道中だけで百日はかかるのよ」

「えらい長旅の最中、この者は宿場や街道の珍しい光景を描いたのか。大変な仕事をなしたな。なんと申されたかな、この御仁」

「アルヘルトス・コウレル、といったかしら」

杏奈の問いにケンプエル医師が頷いた。

「コウレルさんはもはや故国オランダに戻ったろうな」

とだれに言うともなく小龍太が呟いた。

杏奈が医師に尋ねて、相槌を打ち、問い返したりして長い問答になった。

「コウレルは故郷に戻って念願の絵描きになったそうよ」

「ならばこれらの絵はコウレル絵師にとって大切な財産ではないか。なぜオランダに持って帰らなかったのか」

「そこよ。なぜか分からないけど、ここに残さざるを得なかった。そして十数年後のいまも出島のこのアトリエに残っている」

と訳した杏奈が訝しげな顔をした。

「待って。ケンプエルさんの前はこのアトリエをその絵描きさんが使っていたのよね。それを今はお医者さんが仕事場にしているわけ」

「そういうことね。アトリエというフランス語は絵を描く部屋を意味するの」

桜子と杏奈ふたりのやり取りに小龍太が、

「異国の長崎まできて江戸にも旅した。故国に戻って念願の絵描きになったとしたら、成功していてほしいものだな」

と異人の絵描きの人生に期待を寄せた。

「この素描(スケッチ)をこのアトリエで見つけて以来、故国にこの絵描きのことを問い合わせているそうなの。だけど返事がない。どうやら名を成した気配はないとケンプエル医師は考えている」

「そうか、未だ苦労が報いられてないか」

ケンプエル医師が黙って三人の様子を観察していた。

「それがし、異人が描いた絵についてなにも申せぬ。じゃが、この素描(すが)きは見事にわが国の今を写し取っているのではないか、貴重だぞ。オランダにとって江戸参府の模様など珍しくないか」

と小龍太が自問して、その呟きを杏奈がケンプエル医師に伝えた。すると医師が小龍太に向かって頷き、

「いや、オランダと和国の間は、わがプロイセンより親しい付き合いゆえな、この絵はオランダで認められてもいいと思うがな」

と医師の考えを杏奈が訳してくれた。

「ケンプエル医師はこの絵をどうしようというのだな」

医師は小龍太の問いを察したように訳される前に杏奈に答え始めた。

その間に桜子と小龍太は、左側の壁に貼られた中国路と思しき風景を眺めてい

った。オランダ語のやり取りが終わった杏奈がふたりに加わり、江戸参府の模様を眺めた。

「江戸に分限者の知り合いはいないかと聞かれたので、江ノ浦屋彦左衛門様の名を出したのよ。どうやらケンプエルさんは江戸のだれかの助勢が得られないかと考えているみたいなの」

「江戸参府の模様の素描きを江ノ浦屋の大旦那どのに買い取ってもらいたいのか。それともあちらに送りたいのかな」

小龍太が桜子を見た。

「えっ、わたしが分限者と親しいと思われているの、杏奈」

「この人が私たちの問答や考えをどこまで理解しているのか分からないし、江戸でなにをしようとしているのかもよく分からないわ」

杏奈は言い切った。

「わたし、江戸よりこの長崎かオランダこそ、これらの素描きが生きる土地ではないかしらと思う。例えば長崎会所が購(あがな)って版行(はんこう)するとか」

桜子の言葉に、

「そうよね、私もそう思うわ」

と杏奈が応じた。

三人は素描に目を戻し、長い時間をかけて大坂から京の都、さらには東海道の宿場を、そして六郷(ろくごう)の渡し場から品川(しながわ)宿、江戸の日本橋の背景に千代田城と富士山が描かれた最後の一枚まで鑑賞した。

桜子も小龍太も、また異人の感覚や思考をよく知る杏奈も、

(どういうことか)

と漠然と考えていた。

それほど絵描き志望の若者が描いたという江戸参府の素描画に圧倒されていた。

三人が数多の素描画を見終わるのを待っていたケンプエル医師は、アトリエの障子戸の左側を無言で横に押し開いた。すると左側の素描画が障子戸に隠された。

四

アトリエの障子戸の向こうは控えの間ではなかった。

障子の後ろにも壁があり、そこには額装された水彩画が一枚かかっていた。白っぽい着物の小さな背に桜の花びらが散っていた。

桜子は絵を見た途端、衝撃に五体が襲われ、震えた。
(どこで接した光景か)
桜子は思わず絵に歩み寄っていた。
アトリエには長崎港から冬晴れの陽光が差し込んでうす暗く絵を浮かばせていた。
(ああ、わたしだ。桜子だ)
と思った。
(なぜわたしがここにいるの)
(だれが描いたの)
(なんのために)
次々に疑問が湧いた。
ケンプエルの声が桜子に問うた。
沈黙を続けていた杏奈から、
「この絵の娘が分かるか、と聞いているわ」
とケンプエルの問いかけを訳されても桜子は無言で幼い自分を凝視していた。
そして、思わず合掌した。

「桜子、この絵の娘はそなたじゃな。柳橋の神木三本桜に合掌するそなたではないか」

と念押しする小龍太の声音も訝しさに満ちていた。

「どういうことよ」

杏奈が大きな声を上げた。

「杏奈、この絵の娘は幼い日の桜子だ。描かれている場所は江戸のわれらの住まい近く、大川の右岸、柳橋と呼ばれる土地だ」

小龍太の説明に、

「なんということ」

と呟いた杏奈がケンプエル医師に問い質し始めた。

その間にも桜子は絵のなかの三歳の自分を見ていた。

母親のお宗が若い男といっしょに江戸から姿を消したあと、桜子は父親とふたり暮らしを始めた。

母親がいなくなった当初、神木三本桜にしばしば行き、母親が戻ってくるように神田明神の御札と紙垂飾りのついた注連縄が張られた老桜の幹に額をつけて祈ったものだ。

桜子は絵を凝視し続けた。

もはや母親が桜子のもとに戻ってこないことを三歳の娘は分かっていた。それでも幾十たび、幾百たび祈ったことか。

絵には幹から額を離した瞬間の顔が描かれていた。

(三歳のわたしが長崎にいる)

と思った時、桜子の両眼が涙に潤んできた。

「桜子、ケンプエルはもう一枚の絵を見てほしい、そのあと、知りうるかぎりの事情を話すといっているわ」

涙を堪(こら)えた桜子の耳に杏奈の声が聞こえて桜子は頷いていた。

ケンプエルが右の障子を開くと素描のすべてが消えて新しい壁と額装された絵がもう一枚現れた。

(ああー、お父つぁんとわたしが猪牙舟に乗っている)

柳橋の下を潜って大川に向かおうとしている猪牙舟に朝の光が差して、艫下に遊ぶ桜子と櫓を漕ぐ広吉、まぎれもない船頭父娘の姿が描かれていた。

「お父つぁん」

と思わず声を出した桜子の頬に堪えていた涙が滂沱(ぼうだ)と流れてきた。

不意に桜子を背中から両腕で抱きしめた者がいた。

「桜子、好きなだけ泣け、涙を流せ」

という小龍太の声音も震えていた。

どれほどの時間、涙を流していたろう。

「どうしたらいいの、若先生」

と小龍太の腕をとると桜子の涙で袖がぐっしょり濡れていた。

「桜子」

杏奈が白いハンカチを差し出した。

「ありがとう、杏奈」

と受け取った桜子はハンカチで涙を拭った。

「幼き日の桜子がこの二枚の絵のなかに描かれている事情を話すわね。

ケンプエル医師はこの二枚の絵をこのアトリエの片隅で見つけて以来、アルヘルトス・コウレルという若者の長崎での行動を調べてきたの。ケンプエル医師によると、コウレルは桜子が三つの頃、商館長の江戸参府に従い、江戸に滞在したことがあるの。たくさんの江戸参府の素描を見たわね、絵描き志望の若者は、長崎からの道中をあれこれとたくさん描き残してきたの。このコウレルが最も心を動かされたのがきっと江戸で出会った幼い日の桜子だったのよ」

「わたし、異人さんの絵描きさんと会った覚えはないけど」

「コウレルはね、参府の折りに使われる御忍駕籠に乗って桜子の暮らす柳橋を訪ねたらしく、偶さか三本桜と桜子を見かけたのよ。和人とはできるだけ接しないように御忍駕籠のなかから桜子を描いた。江戸の商館長一行が泊まる旅籠長崎屋からたびたび柳橋に通い、桜子と父親ふたりの日常を見て描いたとケンプエル医師は推量しているわ」

「待って、杏奈。江戸に滞在したのならいろんな人を見ているはずよ。どうしてわたしとお父つぁんのふたりだけ色までつけられて額に入っているの」

「額に入れたのはケンプエル医師よ。

コウレルが桜子、あなたに深い関心を抱いた理由があるの。

百五十年ほど前のオランダにレンブラントと呼ばれるすぐれた絵描きがいたの。私もこの名をたびたび出島で聞かされたわ。その時代のもうひとりの偉人がフェルメールという絵描きだとケンプエル医師が言うの。コウレルはね、デルフトという同じ町の出のフェルメールに私淑していてね、『真珠の耳飾りの少女』という絵が大好きだったの。和風の青い被り物をつけた少女の顔に重ね合わせたのが、柳橋の桜に祈り終えた桜子の顔だった、とケンプエル医師は推量している」

と説いた。

そんな女ふたりの問答をケンプエル医師と小龍太が無言で聞いていた。むろん遠いヨーロッパの地から長崎に来た医師にはほとんど理解がつくまい。だが、ひたすら桜子の表情を見つめていた。

「そんなことがこの世の中にあるのか」

と小龍太がぽつんと呟いた。

「ケンプエル医師は桜子に長崎一丸で会ったとき、父親が船頭で、幼い日々、父親の猪牙舟に同乗していたと聞いてひどく驚いた。このアトリエで見付けた絵二枚とコウレルの絵日誌を読んでいたケンプエル医師は、しつこいくらい桜子の出自を質していたでしょう。こんな偶然が起こるものかとケンプエル医師も最初は疑ったそうよ。だってコウレルの絵の娘が十数年後、長崎の出島に姿を見せるなんて。それで、桜子を招いておきながら、丸二日も待たせてコウレルの日誌を丹念に読み返し、この絵の娘が桜子だと得心できたから、今日絵を見せることにしたんだって。そして、コウレルの絵と桜子が出合った。そんなことってあると思う」

通詞杏奈の説明を聞いた桜子は、

「フェルメールって絵描きの絵、『真珠の耳飾りの少女』の娘さんとわたしのどこが似ているのかしら」

「私もフェルメールの絵を知らないからなんともいえないけど、絵描き志望のコウレルにとって、同郷の大先達フェルメールが描いた日本、その江戸で見かけた幼い桜子の祈りの光景が強く心に残った、とケンプエル医師は考えている。ここからは絵描きの格別な感性のようなものだと思うけど、青い被り物をつけた『真珠の耳飾りの少女』と幼い桜子をコウレルが重ね合わせて描いたということのようね」

「わたしがそのころ、三本桜に祈っていたのは、お父つぁんとわたしを捨てて出ていったおっ母さんがわたしたちのもとへ一日も早く帰ってきてくれることだったわ。でも、この絵のわたしの顔には諦めが感じられる」

「それよ、コウレルは幼い桜子の祈りになにか哀しみを察したのではないかしら。そこで尊敬するフェルメールの『真珠の耳飾りの少女』に模したこの絵を描いたのよ」

　と杏奈がケンプエル医師の考えを自分の推測も交えて告げた。そして、杏奈が

桜子の言葉をケンプエルに伝えると、

「おおー」

と驚きの声を発した。そして、杏奈に早口でなにかを告げた。

「フェルメールとは比較にならないだろうけれど、百五十年後の同郷人の絵描き、コウレルもなかなかの才能と技量を持っているとケンプエル医師も認めているの」

桜子は、杏奈の訳した言葉を聞き、しばらく沈思した。

「杏奈、ケンプエルさんは、この絵をどうする気かしら。オランダのコウレルさんに送り返したいのかしら」

杏奈が訳すとケンプエル医師が首を横に振った。そして、しばらく杏奈とオランダ語の問答になった。

桜子は、猪牙舟の艫に櫓に手を添えて立つ広吉と、その足元で船宿さがみの船着場の方角を見ていると思しき幼い自分を見た。

朝の陽射しが水面に反射し、その光が父娘の顔を優しく浮かばせていた。

桜子の表情にはもはや母親は柳橋には戻ってこないという諦観があった。桜の季節が終わったあと、ふたりだけの暮らしを決断した父娘の想いが絵から伝わっ

てきた。そんなことを桜子が考えていると、
「いい絵よね」
　と杏奈の声が桜子の背後からした。
「こんな絵を異人に描かれた和人を私は知らない、そしてかような絵を持ってい
る長崎人もいないでしょうね」
　桜子は頷き、
「コウレルは船に乗るとき、この絵の素描きを何枚も持ってオランダに向かった
と思うとケンプエル医師は判断しているわ。ということは、故国オランダに戻っ
て、この二枚の素描きをもとにかような早描きの着色ではなく、しっかりと歳月
をかけて油絵具というものを使った絵に仕上げたはずだとも推量している」
　との言葉を聞いた桜子は、なぜかほっと安堵した。
「サクラコ」
　と呼びかけられた桜子はケンプエル医師に何事か問われた。
「数日後には、真に交易の旅に出るかと聞いているわ」
　杏奈の訳を聞いた桜子が小龍太を見た。
「なに、交易航海に行くか行かないか、桜子の顔に迷いがあるのをケンプエルは

見て取ったのか」

桜子は医師の観察眼を考えた。

「この二枚の絵を見せられて、わたし、一日も早く柳橋に戻りたくなったのはたしかよ」

「そうか」

と呟いた小龍太が黙り込み、

「われらは江戸に居ることのできぬ事情により長崎に参ったのではなかったか」

「そう、わたしたちは今直ぐには江戸に戻ってはならないのよね」

とふたりは確かめ合った。

「われらがいま江戸に戻れば、公儀か薩摩か知らぬがまた新たな騒ぎが起きよう」

「やはりさだめに従い、異国の旅に出かけることになるのかな」

桜子が小龍太に正直な想いを告げた。

「出航までまだ三、四日はあるわ。おふたりでじっくりと思案して決めなさい。私たちはふたりが同行しないのは寂しいけど、無理は言えないから」

と杏奈はふたりに応じていた。

そんな三人の問答が分かったようにケンプエル医師が杏奈に告げた。

「ケンプエルはこの二つの絵をどうするか、一度は忘れられたものだから桜子のためにとっておこうかと言っているわ」

「えっ、そんなことが出来るの」

「この絵が長崎の出島にあって描き手はすでに何万海里も離れたオランダに帰国しているわね。コウレルにこの二枚を描く気持ちをもたらした桜子当人にわたるのならば、コウレルもほかのだれも文句は言わないとケンプエル医師は言っているけど」

「お父つぁんとわたしの絵を、わたしが頂戴するの」

「桜子、江戸に持ち帰り、世話になった江ノ浦屋の大旦那への土産(みやげ)にするか。いや、船宿さがみの親方に願って船宿に飾るのもいいな」

と小龍太が言い出し、

「長屋住まいではこの立派な額入りの絵を二枚も飾れないものね」

と桜子が応じた。

杏奈がケンプエル医師にオランダ語でふたりのやり取りを伝えると、新たな返答があった。

「ケンプエル医師は、桜子が長崎を引き上げる日までこの絵をとっておくと言っているわ。欲しくなったらその旨伝えよ、いつでも渡すと言っている。それでいいの」

「ケンプエルさんは額まで整えたのよ、自分が欲しくないの」

その問いを杏奈がただちに訳し、医師が答えた。

「私の故国まで船一隻借り切れるならば、長崎とそなた方の思い出のために、このアトリエのすべてを持ち帰りたい。でも、出島の医師の帰国の旅は東インド会社の雇船に相乗りだ。この二枚の絵はこの出島に置いておかなければならない」

と杏奈に告げ、杏奈はふたりに訳してくれた。そのうえで、

「ケンプエルは専門の医術に関わるものを第一に船に載せたいと言っているわ」

杏奈がケンプエルの気持ちを伝えた。そして、間をしばし置き、

「医師の本心は桜子に持っていてほしいのよ」

と言い添えた。

「杏奈、こんなときにお金の話を持ち出すのはどうかと思うけど、なにがしか小判で渡しては失礼かしら」

「桜子、オランダ商館も長崎会所も商いが仕事よ。物に対してお金を支払うのは

失礼でも野暮でもないわ。でも、桜子たちは江戸を追われた身よね。金子の持ち合わせはあるの」

と杏奈はずばりと問うた。異人との通詞を職業とする杏奈の問答はお互いに誤解が生じないように直截だった。

「見てのとおりわたしも小龍太さんもお金には縁がないわ。でも、江戸を急に出なければならなくなったとき、江ノ浦屋彦左衛門様や公儀勘定奉行筆頭用人の倉林宋左衛門と申されるお方から、考えられない額の路銀を頂戴したの。上海丸に神奈川湊で乗船して以来、長崎まで船賃も支払ってない。こちらにきて使ったのは唐人料理を食べたときだけよ。頂戴した金子はほぼ残っている。包金ひとつ、二十五両ならば支払えると思うわ」

「分かった。この話、私に任せて頂戴、ケンプエル医師も専門の医術に資するものを買い集めるのに金子が要ると聞いたことがある」

「小龍太さん、杏奈にお任せしていい」

「おお、それがしもこの絵は桜子が持つべきものと思うでな。あとは杏奈に任せるのだな」

なんとも長い一日が終わろうとしていた。

ふたたび出島の荷揚場から成一の小舟に乗り、長崎奉行所で役人に会うという杏奈と別れ、江戸町で小龍太と桜子のふたりだけになった。

「どうするな、高島家の道場に戻るか」

「長崎の町を歩かない。なんだか頭のなかにあれこれあって思案がつかないわ」

「絵のせいか」

「そうね、幼い自分ともはやこの世にいないお父つぁんの姿を見たせいだわ」

小龍太は沈黙のあと言い出した。

「不思議な一日であったな。これもさだめかね」

「そう、さだめよ。ならば素直に受け止めるのね」

「どう受け止めるな」

「数日後に交易船に乗り組んで、わたしたちふたりは異国の旅に出かける。こんな機会は生涯に二度とないもの」

「いかにもさよう。なによりこの長崎に世話になりながら、われら、なんのお返しもしていないでな、交易の旅で微力ながらなんぞ手伝いたい」

「異国でどのような経験をしようとも、わたしたちふたりは長崎一丸に同乗してこの長崎に半年後に戻ってくるの」

「よかろう」

と小龍太が満足げに言い切った。

終章

オランダ国マウリッツハウス王立美術館で催されたフェルメール回顧展はなかなかの人気を呼んでいた。だが、フェルメール自身の画業の人気ではなく、代表作『真珠の耳飾りの少女』の隣に対に掲げられたフェルメールと同郷の無名の画家アルヘルトス・コウレルの『花びらを纏った娘』の絵が人気を集めたせいだった。

「見よ、この和国のエドの幼い娘の表情には深い祈りがあるな。これに比べてフェルメールの青いターバンを巻いた『真珠の耳飾りの少女』の表情はなにを考えているのか、よう分からんぞ」

とか、

「上手な絵だが、エドの娘の悩みには敵わんな」

とか観客は言い合い、

「コウレルの『花びらを纏った娘』は祈りの背後に神を感じないか。幼い娘の身になにが生じていたのか。娘の深い想いを描き切ったのだ。なにもコウレルは自裁することはなかったのだ。この人出を見せたかったぞ」

「おお、もうひとつの『チョキ舟を漕ぐ父と娘』にも悩みを乗りこえた親子の静謐なドラマがあるな」

自信作の『花びらを纏った娘』が正当な評価を受けなかったことに失望し自殺したアルヘルトス・コウレルは、その悲劇も加わって、フェルメールの回顧展では主役の名声を凌いでいた。

ジーゲン侯爵はデン・ハーグの漁師町の骨董品店バターヒャにてわずか一・五グルデンで購った無名の絵描きコウレルの作品二点がこうも評判を呼び、フェルメールの評価を凌ぐとは夢想もしなかった。

回顧展は成功したがフェルメールの人気は低迷したままだ。侯爵は複雑な心境で、

（次なる策はあるか）

マウリッツハウス王立美術館の会場のコウレルの二作品に集まる大勢の観客の背を見ていた。

同日未明、オランダ商館の交易船二隻と長崎会所の二隻が外海(そとめ)の入江から外洋へ、そして、最初の交易地、清国の上海へと向けて出航していった。

その一隻、長崎一丸の舳先に大河内小龍太と桜子が立ち、外洋の一点に眼差(まなざ)しを向けながら、

「半年後、この海に戻ってくるわよ、小龍太さん」

「おお、二枚の絵が待つ長崎に必ずや戻ってくるぞ」

と両人が繰り返し言い合った。

穏やかな春の陽射しが大海原を照らしていた。

（四巻につづく）

この作品は文春文庫のために書き下ろされたものです。

編集協力　澤島優子
地図制作　木村弥世

文春文庫

二枚の絵（にまいのえ）

柳橋の桜（やなぎばしのさくら）（三）

定価はカバーに
表示してあります

2023年8月10日　第1刷

著　者　佐伯泰英（さえきやすひで）

発行者　大沼貴之
発行所　株式会社 文藝春秋

東京都千代田区紀尾井町 3-23　〒102-8008
TEL 03・3265・1211㈹
文藝春秋ホームページ　http://www.bunshun.co.jp

落丁、乱丁本は、お手数ですが小社製作部宛お送り下さい。送料小社負担でお取替致します。

印刷製本・凸版印刷

Printed in Japan
ISBN978-4-16-792076-0